Else Kaiser in der Bütt

ELSE KAISER
in der Bütt

VERLAG DER
RHEINHESSISCHEN DRUCKWERKSTÄTTE
ALZEY

UMSCHLAGENTWURF
UND ZEICHNUNGEN:
PROF. FRITZ S. ITZINGER

ISBN 3-87854-054-X

Gesamtherstellung Rheinhessische Druckwerkstätte E. Dietl GmbH & Co. KG, Alzey.

Inhaltsverzeichnis

Vorwort

Mit Beginn der vereinsmäßigen Ausrichtung der Fastnacht in Mainz im Jahre 1837 etablierten sich die Sitzungen zu den wichtigsten karnevalistischen Veranstaltungen. Innerhalb der Sitzungen wiederum gehörten von Anfang an die Vorträge der Karnevalisten. Der Vortrag, oder später die Büttenrede, wurde in Prosa oder Versform vorgetragen. Die aus der Bütt gehaltene Rede sollte zwei Funktionen erfüllen. Zum einen sollte sie Kritik am Zeitgeschehen üben und zum anderen durch Witz und Humor die Sitzungsteilnehmer unterhalten. Mit den lokalbezogenen oder allgemein politischen Themen wurde der Zuschauer herausgefordert: nicht nur zum Beifall, auch das Auspfeifen gehörte zum Ritual. Bis in die Gegenwart hinein wird dieser Brauch geübt.
Der Vortrag aus der Bütt war und ist eine Domäne der Männer. Nur wenigen Frauen ist es gelungen, sich dort zu emanzipieren. Zu diesen Ausnahmen gehört Else Kaiser. Seit 1959 steht sie in der Bütt und beleuchtet aus ihrer Sicht die kleine und große Politik.
Ihre Vorträge aus 25 Jahren, die sie in der Alzeyer Narrhalla gehalten hat, sind in diesem Band zusammengefaßt. Else Kaiser berichtet in ihnen von ihrem persönlichen Leben, dem Alzeyer Alltag und der Kommunalpolitik, und sie greift Themen aus der großen Politik auf. Der besondere Reiz beim Lesen und vor allem beim Zuhören liegt in der unverwechselbaren Art Else Kaisers, die Vorträge in Alzeyer Mundart zu halten.

Dr. Hildegard Frieß-Reimann

Prolog

Prinz Carneval bzw. der Narr tritt auf

Seid mir willkommen, hier im Saal
Ihr lieben, närrischen Gäste!
Ich lud Euch, wiederum einmal,
zu einem schönen Feste.

Es ist so viel für Euch bereit,
bereit steh'n die Getreuen,
man hat nicht Müh, noch Geld gescheut,
Euch alle zu erfreuen.

Setzt nun die Alltagsmaske ab
und schickt Euch an zum Lachen!
Wir bringen Euch dann schon in Trab,
daran ist nichts zu machen!

Und legt Euch an das Narrenkleid,
ich mein' das nur symbolisch!
Das ist doch eine Kleinigkeit,
das macht man „alkoholisch"!

Zu Jux und Bimbamborium,
habt Ihr Euch hier gefunden,
Ihr seid im Sanatorium
für ein paar schöne Stunden.

Drum feiert mit, die Zeit enteilt,
seid fröhlich bis zum Morgen:
nach dieser Kur seid Ihr geheilt,
von allen Alltagssorgen.

Und dreht auch den, der Euch nicht paßt
mit Euch herum im Kreise;

Ein jeder liebt, – ein jeder haßt,
wenn auch auf andre Weise!

Es öffne sich das Narrentor,
Narhallamarsch erklinge,
der Elferrat, er trete vor! –
Nun tanz' mein Volk und singe!!

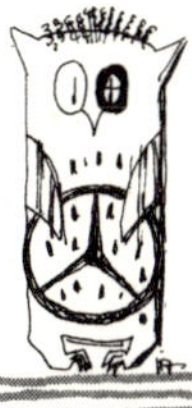

Die Frau am Steuer

1959

Es is e Zeiche unserer Zeit,
daß auch die holde Weiblichkeit
am Steuer sitzt un Auto fährt,
des is jo niemand heit vewehrt.

So manches Mädche, jung an Jahre
lernt aach emol jetzt autofahre,
kapiert zwar nix, net for die Welt,
jedoch de Baba hot jo Geld.

Vun dene Mäd is net die Red
bei dem was ich zu sache het.
Doch manchi Fraa fährt, ohne Stuß,
mi'm Auto, weil se eifach muß,
fährt Dag for Dag so iwer Land
hot stännich s'Steier in de Hand.

De Männer basst des net so recht
daß aach des weibliche Geschlecht
jetzt umgeht mit eme Motor,
die kummen sich iwerfahre vor.

Un wann e Fraa, recht fahrbegabt
so dorch die enge Gasse staabt,
do heest's: ui, hot der Wache Feier –
ach Gott, do sitzt jo e Fraa am Steier!

Als es im Winter hot geknallt
bei Glatteis, hinnedrauß im Wald,
do frocht mich Hinz un Kunz und Maier:
ja, gell, do warn aach Sie am Steier?!

Naa, sach ich, desmol wars mein Mann,
der awer garnix dezu kann.

Kerzlich stand in de Zeitung drinne,
daß wo beim Wende, so vun hinne
e Auto geje ebbes stieß,
das man am Weg so stehe ließ,
bassiert wär nix, des werd net deier,
jedoch s'saß eine Frau am Steuer!!

Ja die un ähnliche Geschichte
die muß die Zeitung jo berichte.
Doch ich verlang, des wär gelacht:
wann Fetze fliehn, wanns nor so kracht,
daß mer dann schreibt vun dere Pann':
den Wagen steuerte ein Mann!

Ich hunn's dem Ahrens aa gesaat,
doch der hat grad uf mich gewaart.

Un fährt doher e flotti Bob,
mit eme dolle Lockekopp
un ausgeschnitte bis ans Knie,
do gucken dann die Männer hie!

Wann des Koschtümche farblich fei'
stimmt mit dem Auto üwerei
derf sei die Fahrkunscht letzte Klasse
dann sagen se: die Frau hat Rasse!!

Die derf im Wage sich verschwatze,
derf links fahrn un die Kurve kratze,
die derf aach parke trotz Verbot,
des is egal, die find mer flott!

Doch wann aa an de verzich is,
do macht mer net mehr so e G'schiss,
wann die en klaane Dappes macht
do werd noch meh als nor gelacht!

Do tippt mer glei sich an de Kopp,
ganz anerscht als bei dere Bob
un mer bemerkt so üwergescheit:
na ja, am Steier hockt e Weib!!

Was erscht die Männer Sorje hetten,
wann mir net immer steiern deten,
e Fraa lenkt, is se noch so dumm,
geschickt um manches Eck erum,
sunscht hett, wie üwerall mer sieht,
schun mancher Mann die Kurv net krieht.

Mir bremsen, wann er emol rast
un is er lahm, do gewen mer Gas!
Um Haus un Geld gut zu verwalte
do derfe mer ganz fleißig schalte!

Mer hawn am Hals de ganze Kitt
un sorjen aa noch for sein „Sprit".
E Fraa, die hot er liewi Not,
aach wann se garkaa Auto hot.

Kaum hot en Mann des grad bekappt
fiehlt er sich uf de Schlips gedappt,
soweit is er net ufgeklärt,
daß er doch so am beschte fährt.

S'is in de Stadt, wie uf em Land:
Mir hawen's Steier in de Hand,
e jedi Fraa, ob groß, ob klaa
hot sowieso die Hosse aa.
Mir kennen die Männer, – un ehr Bosse
mer derfen's nor net merke losse.

Un kennt mer sich in manchem Haus
so mit de Johre nimmeh aus
wann's inne nei werd, immer neier,
dann sitzt gewiss die Fraa am Steier!!!!!

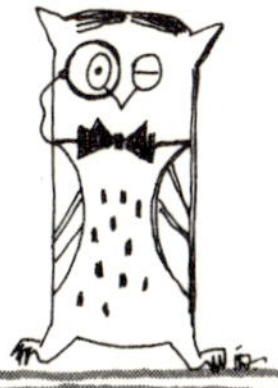

Die haute voleé zu deutsch: die Hotwolee

1959

Es Volk war zur Jahrhundertwende
noch eigedeilt in viele Stände.
Mer hatten do in Deitschland wohne
noch Ferschte, Grafe un Barone,
Gelehrte un die Geistlichkeit,
die Handwerks – un die Bauersleit.

Zu höhere Schichte zu gehere,
des war schun eine große Ehre.
Ich find, daß des, fer domols aa
ganz gut un so in Ordnung war.

Un warn die Ferschte do bedrängt
(geldlich, reibt die Finger)
do hot sich mancher neigezwängt,
in die Gesellschaft, mer kunnt kaafe,
fer Geld, Barone un aach Grafe.

Des hot, wie die Geschichte lehrt,
no'm erschte Weltkrieg ufgehert,
doch, daß en Unnerschied besteh,
formierte sich die Hotwolee.

Mer wollt, damit mer sich net schäm',
gehern zur Crème de la Crèm.
Daß eifach mer dezu gehert,
des war doch viele noch vewehrt.

Wollt mer in die Gesellschaft nei
do mußt mer „Wer" un „Ebbes" sei.
So lang des Geischt un Leischtung war
war des was Extras, des is klar.

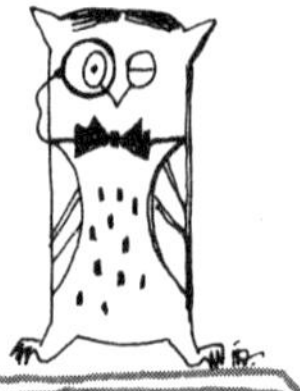

Doch später kunnt mit Geld oh je, –
mer kumme zu de Hotwolee.

No'm zwete Weltkrieg wurde dann
de Schieber zu me große Mann.
Hatt er Verbindunge im Land
dann fraß ihm alles aus der Hand,
hatt er nor „Fress" un recht viel Geld,
do feiert mer ihn als en Held
un mer kunnt ihn dann glänze seh',
als Mittelpunkt der Hotwolee.

Als später, noch de Geldreform
zum Weiterkumme dann enorm
mer schaffe mußt mit Kopp un Händ
warn die mit ehrm Latein am End!
Die sin, mer hatt se kaum geseh
verschwunde aus de Hotwolee.

Doch was fern Grundsatz gilt dann heit,
noch dem mer schätze kann die Leit?
Es werd des dicke Auto sei,
noch dem schätzt mer die Leit heit ei.
Hab des vor Deiner Villa steh,
dann zehlschte zu de Hotwolee.

Des dicke Auto hun ich schun,
ich hunn's net kaaft un net gewunn,
mein Vadder hot an mich gedenkt
un hot gespart un mer's geschenkt.
Wann ich domit in Urlaub geh,
do zehl ich zu de Hotwolee.

Ich steig, wie sieht des sunscht aach aus
nor ab im allerbeschte Haus.
Do kimmt de Kellner aageflitzt,

de Chef perseenlich mich begrießt,
de Boy, der schafft die Koffer nuf,
do geht mer's Herz so richtich uf:
ach, wie is des Gefiehl so schee,:
ich her jetzt zu de Hotwolee.

Daß ich do wohn un was verzehr,
des rechent mer sich aa als Ehr. –
Un vun mei'm alte Haus dem schebbe
do brauch ich do jo net ze redde. –
Un wann ich erscht mei Schulde seh,
do her ich zu de Hotwolee.

Ja, der Begriff, die Hotwolee,
ich glaab ehr Leit, den gibts net meh,
die wo sich trotzdem noch so schenne,
die wern ehr Geld noch zehle kenne,
mer hun aach was im Portmonee,
net nor elaa die Hotwolee.

Ihr wisst doch aus der Zeit der Not:
mer sitzen all in einem Boot,
verninftge Leit fellts garnet ei
in der Zeit eigebildt zu sei.
Wann's knallt, geht alles in die Heh,
die Klaane un die Hotwolee!

Un kimmt e Kind wo uf die Welt
un wann en Sohn im Kriege fällt,
dann dut des do wie dort gleich weh,
beim Volk, wie bei de Hotwolee.

Un gewen mer des Lewe uf
un kummen in de Himmel nuf,
frogt Petrus nur un lächelt gar, –
was uf de Welt fer'n Kerl mer war!

Do gibts kaa separat Entreé
fer's Volk un fer die Hotwolee!

Es paßt doch gut in unsre Mitte
sowohl die geistige Elite,
wie der der treu un redlich schafft
un net uf anrer Koschte rafft.
Mer feiern Fastnacht doch so schee,
Ooch, – loss se geh, die Hotwolee!!

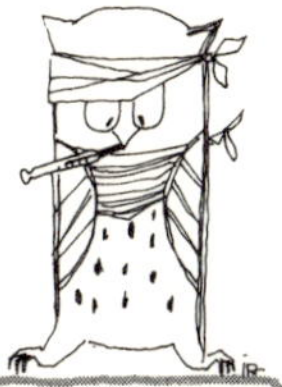

Die Krankekass

1960

Wann in de Woch de Freitag kimmt
un aaner dann sei Lohndutt nimmt
steht owe draa en Haufe Geld
doch unne, an de Endsumm, fehlt
dann doch en ganze scheene Batze
fer Abziech un fer anre Faxe.

Erscht kummen die gepennte Rate
die G'schäftsleit wollen jo net warte
un mancher hot aach Alimente,
die Kinner brauchen jo ehr Rente,
dann krieht's Finanzamt bißje was,
es meischte krieht die Krankekass!

Er is do vor die Frooch gestellt,
was macht die mit dem viele Geld?
un is er noch recht schlank un rank,
do werd der's ganze Johr net krank
un is er kräftig, bißje rund,
dann is er sowieso gesund
un zu'me Dokter geht der nie, –
wo bringt die Kass' des Geld nor hie?!

So jemand, glaab ich, is vekehrt,
ze mindeschtens net ufgeklärt
wie mer die Sach in Aagriff nimmt,
daß mer do uf sei Koschte kimmt,
sunscht is mer sowieso so naß,
ob mit, ob ohne Krankekass.

Ja, frieher heilt mer manches Weh
mit Umschlää un Kamilletee,

heit rennt mer bei de Dokter nuff
der schreibt aam e paar Pille uff,
die soll mer nemme dann?, ach was,
so Dinger vun de Krankekass!!

Hoscht de gefuttert bißje viel
un wars beim Fußballspiel ze kiehl,
was sollschte Dich dann noch vehetze,
tagsiwer in die Sprechstunn setze,
's steht in de Kass' ehrm Leischtungsbuch
bezahlt werd aach en Nachtbesuch
un –, 's is der Dokter greschter Spaß,
dann nachts – un des uff Krankekass!

Hoscht Du verlore die Figur
un brauchscht desweje jetzt e Kur,
Hoscht Du Dein Kummer mit dei'm „Alte",
kriehn G-sicht un (A) „Herz" jetzt Sorjefalte
un macht des Kind noch immer naß,
dann geh mol uf die Krankekass!

Er is jo doch e bißje plump
vun dere Kass der Gummistrump,
in de Versammlung werd's ganz still
wann de do zickscht Dei Kassebrill
un lee Dei Zäh ruhig in die Tass,
die sin aa vun de Krankekass!

Mer hun meh Dokter, gottseidank
do wern die Leit aa viel meh krank
do misst mer doch jetzt ohne Mieh
fer's Herz de Bohnekaffee krieh
un Zeit wär's aach, daß mer bekäm
fer Sunnebrand Nivea-Crem.
Mer missen heit so viel bezahle
do kennen se uns aa bestrahle

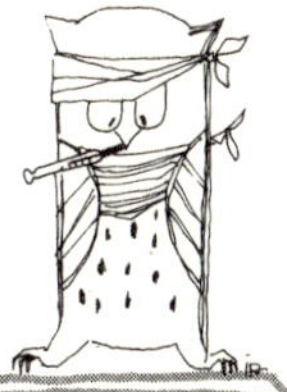

un renche, ohne Unnerlass,
die hot jo Geld, die Krankekass!

So mancher denkt, net zu verhehle,:
„ich muß noch weje Krankseins fehle“.
Ich waas, wie alles sich verhelt,
ich hol mer schee mei Krankegeld!
Ich muß mer noch es Kreiz verrenke,
was soll ich dere Kass was schenke,
die maanen nor, sie merken was,
wo hocken uf de Krankekass!

Un so bringt mancher, garnet dumm,
uf die Tur aa de Winter rum,
er fängt des zeitich aa, ganz schlau,
bevor's so kalt werd uf em Bau
un manchem Helfer uf em Land
secht mer im Winter: „meld Dich krank“,
es gibt do so e bsonri Rass
die schafft des mit de Krankekass!!

Schmeißt mer die Trepp aan runner wo,
schlet aaner aam e Aach ganz bloo
duht aaner sich no'm viele Zeche
oder beim Sport die Knoche breche
krieht Plattfieß, Blinddarm sunscht noch was –
des alles geht uf Krankekass!

Un kimmt e Kind wo uf die Welt,
do gibt's des Still- un Wochegeld
fer Kinner zahlt se in de Regel
un wanns halt sei muß aa fer Kegel.
Beim Krieh' helt selbscht mer aus die Quale
die Hebamm muß die Kass bezahle
un so wirkt aus sich, – Lieb un Haß
in dem Etat der Krankekass.

Jetzt denkt mol no, ehr liewe Leit,
daß Ehr die Kass doch selwer seid,
un muß se mit de Leischtung nuff,
do schlaen aa die Beiträch uff.
Un die Beamte, saa ich Eich,
die wern vun ehrm Gehalt net reich.

Es kimmt doch nix debei eraus
nutzt jeder se nor weidlich aus,
wanns gilt, dann is nix in de Kass
dann schennt mer uf die Krankekass!

Zum Schluß do geb ich Eich noch schnell
e gut Rezept fer alle Fäll:
Wer saa kann, noch de Fassenacht,
er hot so richtig mitgemacht,
wer frehlich trinkt sei Gläsje Wei,
hängt hiwe un driwe sein Nochber ei
und hot am Singe un Schunkele Spaß
bleibt g'sund un braucht kaa Krankekass!!

Alle Macht den Frauen

1960

Es streiten sich die Leut' herum
wohl um den Wert des Glücks,
das mit viel Wirbel und mit Schwung
uns bringt die Gleichberechtigung, –
mer merkt bis jetzt nor nix!

Mer weschen un mer spiehlen noch,
mer duhn Kartoffel schele,
mer hängen noch wie vor im Joch,
kriehn paar Merk Daschegeld die Woch
un duhn uns weiter quele.

Wammer erscht dorch Gerichtsbeschluß
die Feschtstellung kann mache,
daß er aach G'scherr abtrockne muß,
wann Sie mitschafft, – des is e Plus
do kennen mer nor lache.

Mer fiehlen uns zurückgesetzt,
getäuscht ist das Vertrauen,
drum heest die nei Parole jetzt,
wenn bal de Wahlkampf neu einsetzt:
„Gebt alle Macht den Frauen"!!

Was hun die Männer dann gepackt,
in dene viele Johre?
Un hetten mer net mitgemacht,
beim Ufbau, uf em Arbeitsmarkt,
do warn se doch velore!

Ihr Politik is feschtgefahr,
des wissen wir doch alle,

es dreht sich dafür offenbar
un kaum zu halte mehr sogar
die Lohn- und Preisspirale!

Bei uns do gebts kaa Bundeswehr,
des sin doch alles Bosse,
nor Polizei un Feierwehr
un Arweitsdienscht mißt wieder her,
mer de'n se schaffe losse!

Mer hunn'ne klaa die Nos gebutzt,
gewesch' se un gebade,
die hetten bis heit sunscht net gewußt,
daß mer de Hals sich wesche muß,
die gute Kamerade.

Hunn Militärkram nor im Kopp,
zerschlaan die Welt in Stunde,
– en Milchtopp mit rer richtich Zott,
en Wasserkraane wo net troppt,
den hun se net erfunne!

Sin mer an de Regierung draa, –
Ihr könnt da auf uns bauen, –
dann fangen goldne Zeite aa,
drum muß ich immer wieder saa:
„gebt alle Macht den Frauen"!

Es Owerhaupt, des werd e Fraa,
liegts auch noch in der Ferne, –
un logisch denke kennen mer aa
un lauter g'scheite Sache saa, –
mer missen's nor noch lerne.

Des Lewe wär dann ohne Plag,
mer det sich oft besuche,

sitzt im Café am Nachmittag
un es gäb immer, ohne Frag,
nor Kaffee noch un Kuche!

Ehemänner brauch nor drei Stunn
am Automat zu schaffe
un leien mittags in de Sunn,
was lang se wollten sollen se hun,
die kennen ehr Peifche paffe.

Sie kriehn e Spiel- un Weschmaschin,
sie brauchen kaum zu laafe
un alles, was mer jetzt net kriehn
un wo se saan, des wär en Splien,
des deten mer'ne kaafe.

Un Kinner wickele missen se aa,
des sin dann ehre Sache,
des machte stets vun Hand die Fraa
un bei de Männer lesst sichs aa
noch maschinell net mache.

Vor Langweil wern se koche dann,
vum Grill uns was serviere,
es Zigarettche in de Hand,
wann mer ganz mied un abgespannt
haamkummen vum Rechiere.

Un Querkepp gebts bei uns net mehr,
die sollen uns net verdrieße,
drei, vier Kanone missen her,
des fällt uns nämlich garnet schwer,
die uf de Mond zu schieße.

Ansonsten wollen mer net do nuf,
was soll mer dann dort mache?

Mer raamen erscht do hunne uf,
die Politik, de Krebs, de Suff,
es gibt noch so viel Sache!

Zum Prinzgemahl wird jedes Weib
sich einen Mann ernennen,
es geht net, daß mer'n ganz vertreibt, –
nor, daß die Art erhalte bleibt,
un, – daß mer frooche kennen.

Un der „Chruschtschowna" det mer dann
die Hand als Schwester reiche
die Politik vun ehrem Mann
un alles, was do mit hängt dran,
des deten mer dann streiche.

Es gibt do noch en alte Riß,
der geht durch unsre Mitte,
daß der net ohne Folge is,
ist seit Jahrhunderten gewiß,
den det ich gern mol kitte!

Ein Volk, ein Reich – – –
– – – aa Kerch, aa Schul, –
was soll mer ewig streite?
Daß bei der Einigung zum Schluß
e jed Seit' Federn losse muß,
des lesst sich net vermeide.

Un Stroße bau'n mir massehaft,
do schaffen mir die Wende,
des gibts net, daß noch aaner laaft
un die Bundesbahn, die werd verkaaft,
– an ihre Konkurrente.

Un wie des mit de Währung wär?
Oh, fragt doch nicht so bange!
Mer machen uns des garnet schwer,
mer drucken nor e bißje mehr,
dann werd des Geld schun lange.

Zweemol im Johr misst Fastnacht sei
sunscht muß mer zu lang waarte,
bis dohie sin bei Sekt un Wei
e Portion Fraue mittedrei
im hohen Elferrate!

Nur Frohsinn und Gesang regiert,
Ihr könnt verwundert schauen
wie herrlich Ihr von uns geführt,
der Friede wird dann proklamiert,
drum: Alle Macht den Frauen !!

Fassenacht

1961

Jetzt feiern mer wider mol Fassenacht,
's werd wider gedanzt, 's werd wider gelacht,
's werd wider geschunkelt un es werd aa gesunge
un alles is wider mol richtig gelunge.

Fassenachtsscherz in Lied und in Reim
soll Spiegelbild unseres Alltags sein,
soll zeiche, was so is im Johr all bassiert,
teils herzlich belacht, teils auch kritisiert.

Erscht wann mer sei Fehler kann selwer belache,
dann kann mers in Zukunft aa besser mache
un fer die, wo sich selwer net kritisiern,
do muß des an Fassnacht emol bassiern.

Wann die Zeit so kimmt, des is jo e Witz,
die wirkt uf uns Narre, als wie e Spritz,
kaum is dann grad die Parole eraus,
dann bricht des bei uns wie e Krankheit aus.

E richtiche Narr, der krieht wie e Fieber,
egal wellen Alters, egal well Kalieber!
Dann was sich so feschtsetzt, was boshaft macht,
bei uns kimmt des raus, – des werd rausgelacht!
Mer sin awer dann, fer de Rest vum Johr
aa ganz normal un völlich klor.

Mer scheien kaa Zeit, mer scheien kaa Mieh,
fer so e Sitzung zesammezekrieh',
des is net so eifach, wammer do sitzt
un ferseschmiedend e Hemb naßschwitzt.
E Schar vun Laie muß die Fassnacht gestalte,
soll abendfüllend Eich unnerhalte.

Un do kimmt dann des Fernseh'
mit all seine Denz
un macht uns halt aa noch
Konkurrenz,
un mi'm zwete Programm is es aa bald soweit,
mer hun schun de scheenschte Fernsehstreit.

Doch wann uf em Bildschirm aa Fassenacht is, –
devor hockt e G'sellschaft, doof, wie fünf Niss
un mer kann dodezu, wie de Schwob nor saa:
„des Fernsehe ischt so, – do hocksch un glotsch naa!"

Kummt bei uns, do is 's richtich, weil mit jedem Lied
un beim Schunkele mer newedraa Duchfiehlung krieht.
Un der Jux un des Bimbamborium,
des wirkt wie e Sanatorium,
des is wie e Kur un in weniche Stunde
sin all Eier Schmerze un Sorje verschwunde.

Un wann Ehr mol wider vemänätscht seid,
dann gibts nor die eine Möchlichkeit,
es sei Eich dann allerdringlichst empfohle,
die Kur es negscht Johr ze widerhole.

So e Mänätscherkur braucht frieh oder speter
im Deutsche Bundesstaat do e jeder.
Mer schaffen un wiehlen als wie verrickt,
daß alles was mer so wollen uns glickt
un kaaner waas, in all dere Füll,
was er in Zukunft alles noch will!

Mer hun Auto, es Fernseh', e Kichemaschin,
mer butzen uns, reisen, mer nemen Parfim,
mer essen un trinken un lewen so gut
un – schaffen uns dodefor halber kaputt.
Mer hawen heit alles, mer bringens noch weit,
nor krieh' mer de Dalles – un kaaner hot Zeit!

Un in e paar Johr is mancher dot,
der's gar zu arisch getriwe hot.
Uf dem seim Grabstaa do steht dann
geschriwe:
„Do leit aaner, der is leie gebliwe,
erschöpft von der Jagd nach all den Sachen,
die unser Leben bequemer machen!"

Un denkt mer dodriwer mol richtich noo,
dann is die Sach doch eichentlich so:
erscht reibt mer weje dem Geld sich uf
un dodebei geht die Gesundheit druf.
Un nochher, do gibt mer Geld aus wie nie,
nor um wieder die G'sundheit ze krieh'.

Zum Schluß is Dei Nervekostüm so zerfetzt,
daß de Kreislauf stockt un es Herz aussetzt.
Daß kaa Pille meh helfen, kaa Bäder, kaa Kur,
sogar e Glas Wei, des hilft Der kaa Spur,
daß dann garnix anres meh üwerich bleibt,
als daß Der de Doktor – en Hund veschreibt!

Nemm Der Zeit un geh aus mit so eme Hund,
dann geht's aa bald wider mi'm Kreislauf rund,
Du werscht wire g'sund un Du hoscht aa Dei Spaß,
nor – den Hund krischte net vun de Krankekass!

Un wann Der des mit dem Hund net so glickt,
dann nemm Der en Gaarte un schlenker die Schipp
un peif vor Dich hie un sing Der e Lied,
fall owends ins Bett, so herzlich mied
un es werd Der so wohl, bei de eifachschte Koscht,
wann de waasche Kees un Krumbeere hoscht.

Un wann mer sich dann noch so manches verkneift,
uf alle Mannewer un Bosse mol pfeift,

dann werd mer befreit vun all
dere Lascht
un mer merkt: zuviel Gutes, des is en
Ballascht.
Wammer 's Netigschte hot, ja, des is gewiss,
kimmt's nor noch druf aa, daß zefride mer is.

E jeder hot Arweit, e jeder schafft voll,
jetzt loßt doch des schwarze Üwersoll,
am Wocheend schafft net so druf un druf,
kimmt die Automation, hert jo doch alles uf.
Dann werd's erscht gemietlich, drum sei mer bestrebt,
daß mer do noch debei is, daß mer des noch erlebt.

Un inzwische macht unser Regierung mit G'schick
uf alerhand Toure Sozialpolitik.
Ehr werd Eich noch wunnern, die hot noch viel vor,
wart nor emol ab, so werd's in e paar Johr:
Du brauchscht nor ze schaffe, wann Luschte Du hoscht
un am Erschte, do kimmt dann Dei Geld mit de Poscht!

Ja solche Gesetze, die sin heit beliebt,
nor, – vor lauter Fortschritt gibt's Sache,
die's garnet meh gibt!
Probier mol, wann heit Der en Handwerker kimmt,
vesuch's, ob Der jemand Dei Kinner mol nimmt,
e Hausmädel krie des is heit e Kunscht,
nor selten noch hoschte ner Butzfraa ehre Gunscht.

Doch wann de aa hoscht, nenn se nor net beim Name,
saa vorsichtich „Schmutzentfernungsdame"!
Im Krieg kunnt mer noch mit'me Schwartemaa locke,
awer heit lesst aam jeder, so gut er kann, hocke!

Jetzt waas ich net, – ich maan jo grad,
ich hett schun e bißje viel gesaat.

Wer net in de Bitt steht un wer des net kennt,
der hot sich aa noch net die Schnut verbrennt.

Mei Bittered Vorsjohr war aa so en Fall,
do het ich besser mei Maul gehall,
der Brocke vun Vorsjohr leit mer heit noch im Maa, –
mer soll viel meh denke un wenicher saa!

E Aablick muß ich de Rand noch reskiere,
kann ohne weiteres net abmarschiere.
Ich waas, daß so mancher werd iwer mich saa:
„des is der emol e närrischi Fraa,
die det, statt do in de Bitt ze flimmere,
sich g'scheiter um ehrn Saftlade kimmere!"

Grad fer die Leit hun ich mich awer jetzt
in mein Lade mitte eneigesetzt.
Ich hun mich des ebbes koschte losse
un do mach ich bestimmt kaa Narrebosse!

Nor iwer Fassenacht lossen mich geh, –
des is aamol im Johr un des is doch so schee!
Daß Ehr do richtich mitmacht, bis Ehr alt werd un grau,
des winscht Eich die „närrische Kaiser'n – Dollau

Das Atomzeitalter

1962/63

Wir haben uns mit Ehrlichkeit
gefragt in den Novembertagen
ob man in dieser bösen Zeit
die Fastnacht überhaupt soll wagen.

Wir hielten trotzdem es für gut
wir fangen fröhlich an.
Das gibt uns Kraft und auch den Mut
für das was kommen kann.

Um wieviel besser wär die Welt
wenn jedermann es wüsst
daß echte Freude ein Geschenk
vom Paradiese ist.

Ja, es geschieht zu Eurer Freud'
wenn wir die Verse drechseln,
doch, bitte, nicht die Fröhlichkeit
mit Leichtsinn zu verwechseln.

Nicht nur zu Jux und Dollerei
sind wir hierher gekommen,
wir haben uns so mancherlei,
auch Ernstes, vorgenommen.

Man soll im närrischen Bestreben
der Wahrheit auch die Ehre geben.
Wenn jemals das die Absicht war
dann ganz bestimmt in diesem Jahr.

Das ist ja die Gelegenheit,
die Schlafenden zu wecken,
die nur in Wohlstandsbiederkeit
den Kopf im Sand verstecken.

Das schmälert nicht das Mitgefühl,
verstockt nicht unsern Sinn
für die Gequälten in der Welt,
im Osten, in Berlin.

Uns ist's auch mit der Freude ernst,
drum fanget fröhlich an,
weil ein von Herzen froher Mensch
kein Bösewicht sein kann.

Doch mir sei heut ein ernstes Wort
an dieser Stell vergönnt,
wenn Ihr mich auch von dieser Seit'
bisher vielleicht nicht kennt.

Ich bin bei aller Lustigkeit geneigt,
auch zu bedenken,
wohin die Menschheit unsrer Zeit
wird ihre Schritte lenken.

Es drängt sich mir die Frage auf
was wohl die Ursach' sei,
daß jeder lebt in Angst und Pein,
daß keiner wirklich frei.

Daß jedes Volk mit gleicher Angst
vorm andern Volk sich quält
kann nur sein, weil den falschen Weg
die Menschheit hat gewählt.

Der Mensch war dazu auserseh'n,
die Erde zu gestalten,
in höchstem Auftrag sollt' er sie
treuhänderisch verwalten.

„Mach Euch die Erde untertan"
so waren wir geheißen, –

nun droht der Erde Untergang,
Inferno, ohnegleichen.

Noch glauben selbst Regierungsleute,
daß wohl das Schlimmste nicht passiert – – –
Wie schnell sind Menschen nur noch Meute,
die selbst das Äußerste riskiert.

Sollt's also sein, so sagt uns da
so ein erschrecklich Heller,
schützt Euch mit Tischplatt' Aktetasch'
geht ruhig in den Keller.

Was *diese* Herrn tun, den Bericht,
den müssen wir vermissen,
das war halt so e peinlich G'schicht,
man hat sie rausgerissen.

Sollt einmal so die Erde beben,
wird das uns noch geboten,
wer *will* denn da noch überleben?
Dann Glückwunsch allen Toten!!!

Die Technik hat uns Menschen jetzt
den Griff ins All erlaubt,
doch geistig und moralisch hat
der Mensch das nicht verdaut.

Daß er der Herr der Technik ist
das meint so Hinz und Kunz, –
wir haben doch die Technik nicht, –
die Technik, die hat uns!!

Ein Krieg braucht bald nicht mehr zu kommen,
das Töten ist vorweggenommen,
wenn weiterhin, – nur so zum Test, –
man Superbomben platzen läßt,

wenn weiter über unsrer Welt
tödlicher Staub herniederfällt.

So hat das Leben ohnehin
schon fast verloren seinen Sinn,
seit der Atome Urgewalt
sich über uns zusammenballt.

Zu sagen, daß es besser war,
als wir noch allen Wissens bar, –
das wäre falsch!, –
wir sind bestellt, zu einem Auftrag in der Welt.

Doch wehe, wenn der Mensch vergisst,
wer denn sein Auftraggeber ist
und sich verschreibt den dunklen Mächten,
die stets den Bund des Unheils flechten.

Vor die Entscheidung ist gestellt
die Menschheit in der ganzen Welt!
Nicht nur die Wissenschaft allein
kann die Verantwortliche sein.

Nicht zu vernichten, aufzubauen,
ward ihr erlaubt, hineinzuschauen
in des Atomes winzige Welt,
die alles formt, zusammenhält,
ins Urgesetz, das innewohnt
auch unsrer Erde, Sonn' und Mond.

Wie weit der Mensch gekommen ist
das zeigt, daß er zu dieser Frist
nicht erst auf den Gedanken kommt,
wozu das Ungeheure frommt.
Nein, nein, er denkt zuerst daran
ob man damit vernichten kann.

Eh ein Atomreaktor stand
Hiroshima im Staub versank,
beschießt man *heute* so ein Ziel
war's damals nur ein Kinderspiel.

Der einzige Grund, weshalb bis jetzt
noch unsre Erde unverletzt,
ist, daß ein noch so großer Mann
sich auch nicht davor schützen kann,
wenn ein Verrückter unbedacht
neu einen Weltenbrand entfacht.

Viertel vor zwölf heißt unsre Zeit,
drängt zur Entscheidung uns noch heut.
Ein jeder ist zu dieser Stunde
gerufen, in der Völker Runde.
Ein Schrei muß durch die Welt erschallen, –
er *kann* nicht ungehört verhallen!! –

Daß alles sich zum Guten wende,
daß jeder Tag Euch Freude schenke,
daß es Euch gut geh, noch und noch,
das wünsche ich zum Schluß Euch doch.

Dollau

Zeitbetrachtung

1963

Ich hatt e Büttered gemacht
un fand se sogar gut,
es hot kaan aane Mensch gelacht
un mancher zog e Schnut.

Sie war so ernscht, de meischte Leit,
ich pocht an ihr Gewisse,
mer lewen in rer beese Zeit! –
Doch kaaner will des wisse.

Daß ichs uf Hochdeutsch unnerstrich
dodriwer war'n se bees,
sie woll'n trotz Amt und Würde mich
ganz einfach net seriös.

Weil ich mer oft die Schnut vebrennt,
nenn alles glei beim Name,
do saa'ne se: „ich hätt kein Talent
zu einer großen Dame.

Ich kann aach uf die ulkich Tour,
damit Ehr kennt aa lache,
in ere anre Tonart nur
Eich saa dieselwe Sache:

Uf dere Welt is Werrwar nur,
die Menschheit spielt verrickt!
Fer was hot uns dann die Natur
mit dem Verstand beglickt?

Geht heit en Wissenschaftler her,
erfindt, was nutzt fer alle,

do kummen die, vum Militär
un machen was draus zum Knalle.

Daß mer e nei'i Rüstung hun,
des sin vielleicht kaa Bosse,
mer hun awer se Lebdag schun
aa mit dem Zeich geschosse.

Mer hängen immer mit im Zank, –
betracht emol die Schwyz!
Die hun's Gewehr im Kleederschrank,
trotzdem passiert dort nix!

Wann heit uf aamol so en Narr
ufs richtiche Kneppche drickt,
dann is in zeh Minute gar
die ganz Welt nei vestrickt.

In Italien macht en Doktor heit
Mensche aus der Retorte.
Der is wohl nimmeh ganz gescheit
do fehlen mer die Worte.

Als ob des werklich netich wär,
ja, hält der uns fer dumm,
es leeft genug uf dere Welt
so Menscheviehzeich rum.

Des schlegt schun so de Kopp sich heiß
un soviel is gewiss,
daß die seitherich Art un Weis'
doch recht sympathisch is.

Bis jetzt gelingt's nor ugefähr;
er braucht doch fer des ganze,
so uhaamlich die Sach aach wär,
natürliche Substanze.

An was de Mensch sich all vegreift
wann er sein Geist vespritzt,
des sei am Rande nor gestreift,
weil's oftmols garnix nützt. –

Es is uns mechlich, wann mer will,
e Planz ganz uf die schnelle
Mit Zellulose, Chlorophyl
synthetisch herzustelle.

Un planzt mer die dann richtich ei,
do werd mer emol gucke,
die lesst dann schee des Wachse sei,
die Sach, die hot ehre Mucke.

Ihr fehlt ja nur des Lebens Hauch,
drum, hauch se emol aa,
hauch Der die Lunge aus em Bauch, –
– doo macht de Mensch nix draa!

Mer sin uf unser Technik jetzt
direkt so richtig stolz,
sie hot uns manches schun ersetzt:
Baumwoll, Metall un Holz.

Doch hot mer se net in de Hand
dann is se e Tyrann,
weil mer se – des is jo bekannt,
dann nemeh halte kann.

Daß des so is, des merkt, ich wett,
beim Fernseh Hinz un Kunz:
mer hawen doch des Fernseh net,
des Fernseh, des hot uns!

Dann wo mer hiekimmt is es doch
die allerselb Geschicht:

die hocken in me dunkle Loch,
Begrüßung ist nor „Pscht“.

Das Fernseh hot uns ufgelebt,
mer kann des Ding nor packe,
wammer vefehrt noch dem Rezept:
Kaafe un glei vehacke!!

Daß alles des niemand bedacht,
des glaab ich selwer kaum,
denn mich vefolcht die ganze Sach
manchmol bis in de Traum.

Ich hatt' do kerzlich mol getraamt,
die Menschheit war so bleed
und hot, statt ordndlich ufgeraamt,
am Kneppche rumgedreht.

Un alles fiel in Staub un Asch! –
Ade du schöne Welt. –
un ich hatt grad mei Aktedasch
beim Luftschutz aagemeldt.

Nor unser Dischplatt, die hielt stand,
mer hockten alle drunter,
ein Orden dem, der sie erfand,
es war de scheenschte Bunker!

Die Erd war awer ganz kaputt,
de Sauerstoff vepufft
un mit de letscht Raket sucht dann
de Mensch wo annerscht Luft.

Ich drängel mich enei ganz flott,
zum Mars flog sie tipptopp,
de Marsmensch, wann er aaner hot,
der schittelt nor de Kopp.

Mer hert vun weitem, daß er schennt,
der hot e richtich Wut:
„des Aanziche, wo ehr lewe kennt,
des machen ehr kaputt.

Ehr habt mit Eierm g'scheite Kopp
so manches Ding gebaut,
doch geistig un moralich habt
die Sach ehr net verdaut!

Er urteilt, wie de Salomo,
des Licht werd grie un geel,:
jetzt seid ehr do,
jetzt bleibt ehr do
un butzen die Kanäl!

Es kunnt uns alles garnix nutze,
wann mer sich aa beschwert,
es bleibt uns nor Kanal zu butze
des war die Sach net wert!!

Was hawen mer do owe g'flennt,
mer warn jo nor geduldt, –
ach, hetten mer noch unser Welt,
mer sin halt selwer schuld.

Ich quel mich so, bis siwe Uhr,
uf aamol hot's gekracht, –
des war die städtisch Müllabfuhr, –
do bin ich ufgewacht.

War schweißgebad, doch werklich froh,
daß unser Erd noch steht,
mer frocht sich awer werklich so,
wie des noch weitergeht,

wann jed' Nation, – nur so zum Test
Atombombe läßt platze,
dann sin, wann aa kaa Krieg gewest,
mer sowieso de Katze.

Bald ist die ganze Luft verseucht,
doch aans, des macht mer Spaß,
do sin aa alle große Leit,
genau wie mer so naß.

Do steht bei dene uf em Disch,
aa bei de ganze Große,
verseuchtes Esse, Fleisch un Fisch, –
un deswee wern se's losse!

Mer kennen hoffe, kaaner wagts,
sin se aa wie besesse,
dann hun die Waffe eines Dags
den Krieg schun ufgefresse.

Dann sehen se's vielleicht aa ei
un repariern des wieder,
daß vun de Oder bis zum Rhein
mer sin e Volk vun Brüder.

Drum werd aa heit net resigniert,
trotz Ulbricht seine Wut,
wann do die Zuversicht marschiert,
des gibt do driwe Mut!

Mer machen's heit uns nochmal schee, –
mer lossen wie de Blitz,
wanns werklich driwe schief sollt geh
die Fassnacht un die Witz.

Wann mer aach Fassnacht halle duhn,
mer denken driwer no,

des macht fer’s Böse uns immun
un deswee sin mer froh.

Wer schaffen will muß fröhlich sein,
mer sin noch fest am Bau,
drum trinket Euern Alzer Wein
und freut Euch mit Dollau!

Es gibt nix geh' de Schnuppe

1963

Hatschi, ich bin jo ganz kaputt,
es hot mich in de Knuppe,
freß Huschteguts e ganzi Dutt
ich hun jo soooo de Schnuppe!

Mer laaft die Nos, mer brummt es Hern,
ich kann jo kaum meh gucke,
vor meine Aa, do danzen Stern,
ich hun velleicht de Schnuppe!

Ich hun schun so viel aagewendt,
hun haaß gebad, geschwitzt,
bin in die Apedek gerennt,
doch helfe dut des nix.

Ich zieh zwee Unnerhosse aa,
ich schmeer mit Gänsefett,
de Buckel ei un unedraa,
doch helfe dut des net.

Mit Wechselfußbad hun ich dann
mich weiterhie bemieht,
doch dazu ich nor sage kann:
„ich hun die Fieß vebrieht"!

No'me Vollbad gibt mer dann
mei Fraa a noch en kalte Guß,
do het ich beinoh sie verhaa,
jetzt is es awer Schluß.

Ich hun en gure Freund gefrocht
was kann ich dann nor mache,
er seet: „ich waaß was geh die Plog,
nor muß er dobei lache.

Reib fescht mit Alkohol Dich ei,
muscht schee beständich bleiwe,
die Flißichkeit zum Hals enei,
mit de Flasch do muscht du reiwe.

Un wann der's do net besser werd,
muscht immer weiter niese,
do helschde Der e frischi Flasch
un duscht noch weiter gieße.

Dann machschte Der Kamillescharm,
frischt 3, 4 Asperin,
goielscht nochemol mit Alkohol
un hauscht Dich eifach hie.

Un ebbes Wichtiches muß ich doch
Der dodezu noch saa:
so gere weg in aaner Woch
sunscht dauert's siwe Daa.

Des kann ich net, her ich mich schnell
noch ganz bedeppert saa,
den Alkohol kann finanziell
ich jo schun net vertraa.

Mein Freund maant:
Du bischt werklich krank,
wer des net glaabt der errt sich,
3 % kriesche nor uf de Bank,
beim Schnaps do kriesche 40.

Do loß den Kerl ich einfach steh
un bin dann abmarschiert,
meh g'fall, wie gang
dorch Eis un Schnee
un hun so simbeliert:

Was nitzt mich do die Konjunktur,
die Weschmaschin, de Mix?
Fer's Auto gibt's e Politur,
geh Schnuppe gibts noch nix.

Was nitzt mich jetzt die Autobahn,
Rakete lang un spitz,
de Mensch maant wunner was er kann,
geh Schnuppe gibts noch nix.

Was wollense dann im Weltall nor,
die sin doch grad meschugge,
dort hun, un des is werklich wohr,
sogar die Stern de Schnuppe.

Die Stern die gliehn, als wie mei' Nos,
do owe gibt's kaa Pille
un uf de ganze Milichstroß
do wimmelt's vun Bazille!

Die Raumfahrt steht noch sehr in Frog,
solang de Mensch noch niest,
des muß verschwinde analog
wann uf de Mond mer schießt.

Ich denk, wann so en Raumpilot
mol richtich niese muß
do kimmt des Raumschiff aus dem Lot
un krieht en anre Kurs.

Nochdenklich kumm ich endlich haam
duh huschte, niese, spucke,
die Oma, Tante un mei Fraa
waas kaaner was geh Schnuppe!

Mei Fraa brummt nor was vor sich hie, –
sie is am Boddemschrubbe –

liewer glei nochmol Zwilling krieh,
als so en Mann mit Schnuppe!

Sie kocht mer doch noch Zwiweltee,
ich schlof bis in die Puppe,
„Hatschi!“ do fahr ich in die Heh, –
es gibt nix geh de Schnuppe.

Sie holt des dicke Dokterbuch,
vum Schnuppe was ze lese –
do hockt als unser Fritzje druf,
do kann er besser esse.

Uf aamol kreischt helluf mei Fraa,
ich her nor noch Gelächter,
her zu, ich kann Der nore saa
Du bischt e ganzer Schlechter.

Auf Seite 70 hab ich jetzt
das Richtige gefunden,
da steht: „Der Schnupfen ist doch nur
die Krankheit des Gesunden.“

Man schafft sich einen Schnupfen an
und läßt noch krank sich schreiben,
läßt sich bedauern und man kann
dabei gesund doch bleiben.

Ein Stündchen Schlaf, ein Tropfen Jod,
viel durch die Luft gegangen,
Pfefferminztee zum Abendbrot, –
der Schnupfen ist gefangen.

Un Du, Du stellscht Dich aa wie doll,
mer fellt's vum Aa wie Schuppe,
Der gehts nor um de Alkohol,
wee so me bißje Schnuppe!

Mach Dich nor ab, hot se gesaat,
Du bischt jo garnet krank,
sie hot mich fermlich fortgejaat,
so bin ich do gelandt.

Vun weitem her ich Riz am Baa,
„Ha“, - denk ich, do enei,
- Tschi – bum, was brauch ich do mei Fraa,
bei Weck un Worscht un Wei.

Bei Schelleklang, beim Alzer Lied
vegehn aam alle Mucke,
des mewelt uf des krank Gemiet,
ja, des hilft geh de Schnuppe!

Drum, wer verschnuppt, wer matt un krank, -
un des is werklich wohr,
dem is ze helfe, gottseidank,
Dollau – so werd's aam klor!

Die Superkich

1964

Mein Mann seet kerzlich üwer mich:
mer kaafen uns e nei-i Kich,
er maant, die alt, die kimmt enaus
un aa de Herd, den schmeiß ich raus,
de Wasserstaa, es Ablaafbrett,
des brauch mer heit jo alles net!

Der hatt so sei besondre Ziele,
ich glaab, der wollt' kaa G'scherr meh spiele
un außerdem, um was gewett:
Kartoffelscheele will er net.

Ich hatt des garnet glei bedabbelt
warum der plötzlich so was babbelt,
die ganz Zeit gabs nur Weh un Ach
un manchmol aa en große Krach,
wann ich, wie anre Fraue auch
aach nor en neie Besen brauch.

Uf aamol hot er die Idee,
na, mer is's recht, do krieh ich's schee!
Na, anre Dags do hält er Wort
un 1, 2, 3 do ware fort
un wo er nore Kiche sieht
freet er – was for'n Rabatt er krieht.

Hier hot em alles net gebaßt,
do hot er Schreiwes er vefaßt
an e Fabrik wo Kiche hot
un wünscht vun dort e Aagebot,
wobei er net vergesse hatt, ze froo,
was krieh ich fern Rabatt,

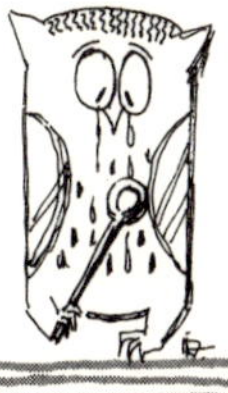

wann ich die Kich, mit allem Sach
uf 24 Monat mach.

Die Antwort kimmt aa bald serick,
drin ufgeführt, e jedes Stick.
Die Firma war gleich lieferwillig
un außerdem aa werklich billig,
obwohl mers machen uf die Hack
krih mer 40 % Rabatt.

Mer kann doch werklich net beschreiwe,
wie manche G'schäftsleit Wucher treiwe,
mer wern vun hier aach kaan beglicke:
mer lossen nämlich alles schicke.

Mer hun dann aa sofort bestellt
un dodebei zusammegstellt,
was mer dezu noch alles wollen,
beziehungsweise haben sollen:

E Kaffee- un e Weschmaschin,
e Mix, e Grill is aa kaan Splien,
e Staubsauger, en neie Herd,
un was noch sunscht dezugehert
un net zuletscht saa ich noch schnell
e Spiehlmaschin, es neischt Modell.

E neie Kiehlschrank kimmt ebei
am beschte macht mer alles glei!
Heißmangel un e Kaffeemiehl,
korzum, e Kich im neischte Stil,
mer lossen uns jo do net lumpe,
mer sin grad sowieso am pumpe!

No e paar Dag do war se do,
kimmt mit de Bahn, versteht sich jo,

werd ausgelad bei Rejewetter,
oh Schreck, des warn jo nor noch
Bretter.

Na ja, mei Mann is jo net dumm,
dreht hie un her die Bretter rum,
helt Leim un Nä'l und aach e Hammer
un macht e End dem ganze Jammer,
un bis es geje Owend war,
steht do e Kich, fascht wunderbar.

– Es sin nor noch paar Schrauwe locker
un fehlt e Baa am Kichehocker,
die Seitewänd hun sich verzoo,
des is net schlimm, des geht aa so,
e Schublad fellt als noch erunner,
awer die Dere sin e Wunner,
die schnappen ohne Schlösser ei, –
ich petz mer glei die Finger nei.

Nor aan Gedanke dämpft mein Spaß:
was mach ich mit der Kaffeetass,
die ich als mit meim Haushaltsgeld
hab in de Schrank eneigestellt?

Des Geld muß ich doch streng verwalte,
wie schließ ich zu? – ich kenn mein Alte!
Ich muß, es werd net annerscht geh,
es unner die Matratze leh! –

Kaum sin mer fertig, guckt aa glei
emol die Nochbern schnell erei,
die hot noch niemols was gebrocht
un kimmt nor, wann mer Kaffee kocht.

Des hatt ich grad de Oma g'saat,
die holt den neie Apparat

un mahlt den Kaffee superfei, –
un bringt debei die Finger nei
und hackt sich, – un des net so knapp.
sämtliche Fingergippe ab.

Ich bin wie wild erumgesprung
un hun die Oma glei verbunn,
die Nochbern awer hot die Ruh,
kocht Kaffee un holt Weck dezu,
dann schenkt se aa de Kaffee ei, –
des kennt aa Schweinepeffer sei!

Am anere Dag, ganz unbeschwert
probiern mer glei de neie Herd.
drickt mer do e paar Kneppcher nei
stellt Zeit un Temperatur sich ei.
Des fin ich werklich wunnerschee,
weil ich doch aa noch schaffe geh.
Die Oma sich zwar Köchin nennt, –
's war immer alles aagebrennt.

Des is jetzt herrlich, wann mer kimmt
un's Esse vun em Herd nor nimmt,
des war doch immer schun mei Ziel;
mer krieht e neues Kochgefiehl,

Ich hun des alles üwerwacht,
daß des mein Mann aa richtig macht
un daß er alles so verricht
wie des dem neie Herd entspricht.

Mer kummen haam, 's war glei 1 Uhr, –
vun Mittagesse keine Spur.
Mer hatten alles recht geplant,
– de Herd hatt 1 Uhr nachts gemaant.

Mer werd halt alt, als wie e Kuh
un lernt doch immer noch dezu.
Mer hatten halt e bißje Pech,
jetzt gehn mer emol an die Wesch.

Ja, die Maschin is werklich fei,
ich steck do schnell die Wesch enei,
es Pulwer geb ich aa dezu,
glei hun ich vor de Wesch mei Ruh.

Ich drick noch uf de Schalter druf, –
ach Gott, ich hatt die Trummel uf,
es spritzt die Brieh, es hot gekracht,
ich hatt se glei kaputtgemacht.

Mein Alte schennt, ich wär zu bleed,
do hun ich mich ins Bett geleet,
's is net so aafach, wie mer scheint, –
ich hun mich in de Schloof gegreint!

Am Morje druf her ich mich saa:
„was annere kennen, kann ich aa,
ich kann die Kich jetzt net verhacke,
ich wer emol en Kuche backe!"

Ich war jetzt, wie e Kind gebrennt,
den Daig, den mach ich mit de Händ,
de Kees kimmt in de Mixer nei,
ich stell mol aa, – oi werd der fei!

Uf aamol flieht de Deckel weg,
de waache Kees hängt an de Deck,
fellt runner, flieht mer um die Ohre, –
ich hun bald de Vestand velore!

Aach, denk ich, wie werd des jetzt geh,
jetzt krieh ich vun meim Alte Schlää.

Doch hots zum Glick den net beriehrt,
weil der de Staubsauger probiert.

Er saat, daß er gelese het,
mer kennt sogar e Federbett
mi'm Staubsauger ganz luftig bloose
un kennt es Reiniche so losse.

Wie ich do in die Stub nei geh
hun ich den Kerl jo nimmeh g'seh,
de Sauger windt sich, wie e Schlang,
die Feddere fliehn, mer werd ganz bang!

Dann zieh'n se ab, in Richtung Kich
un er steht do, wie'n Gänserich.
Die Heldetat war aa net groß
un ich, ich bin mei Deckbett los!!

Inzwische macht die Oma still un ruhig
e Schnitzel uf em Grill.
– Es war vebrennt un garnet gut
un g'schrumbelt, wie en alte Hut.

Die Oma krieht do glei es flenne,
sie hot noch niemols koche kenne.
Un dodruf macht se mer doch glei
in de Spielmaschin es G'scherr zu Brei.

Ich denk: „bis jetzt wars garnet schee,
doch mit de Mangel werds wohl geh."
Zu ihrer Ehre sei gesagt,
die hot kaa Zicke meh gemacht.
Dodraa hun ich mich wohlgefiehlt
un hun bis owends druf gebiehlt.

Do bleibt uf aamol, was en Schreck,
im ganze Haus de Strom eweg.

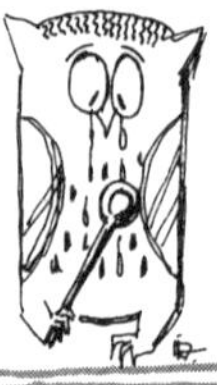

Un wißt Ehr, was do war bassiert?:
die Lichterkett wurd' abmontiert
un 's war es beschte Owerhemd
in die haas Walz eneigeklemmt!!

Ich hun, un des is werklich wohr,
an dere Kich de Spaß velor.
Un als mein Mann de Firma schreibt
reet die sich net, die is jo weit.

Mer sin jo trotzdem net so dumm:
mer dauschen hier die Sache um.
Des mach ich nämlich meischtens so,
fer was sin dann die G'schäftsleit do?!
Kerzlich saat aaner: „ja, gewiß"!!
un hot mich fermlich nausgeschmiß.

Ja, desmol hamn scheints mir de Schade
inzwische laafen schun die Rate
un ich denk manchmol so fer mich:
„Oooch, – hett ich noch mei alti Kich"!!!!

Dollau

Die Zeitungsverkäuferin

1965

Ich hab net nor es Sunndagsbläätche
un vun dem Bild do schweig ich ganz,
ich bin net so e „Zeitungsmädche",
ich hab e Ausbildung, – ich kann's!

Vor allem kann ich jedem rote,
was for e Zeitung daß er braucht,
dem Aane geb ich was mit Mode,
dem Anre mehr die Liebe taucht.

Ich muß aach immer do druf gehe,
daß ich en Haufe Sache b'stell,
wo die Soraya is zu sehe,
möglichst mi'm Maximilian Schell.

Bis kerzlich war die „Sissi – Romy"
in alle Hefte immer drin,
un's Bett, wo mit Alain Delon sie –
na, sin mer ruhig, 's hot kaan Sinn.

Dann solche Leit, die wern belästigt,
sie kennen meischtens nix dezu,
nor, weil's die Zeitungskasse kräftigt,
lesst mer se einfach net in Ruh.

Jetzt kann mer nor noch Bäumler sehe,
seit die Marika Kilius „zahnt",
der Schmerz, der werd vorübergehe,
ich hun mer sowas schun geahnt!

Die Illustrierte bringen alles,
was so bassiert in dere Welt,
vom Chruschtschow, Johnson un vum Dulles
un wie's im Kongo sich verhält.

Wo die net all ehr Nos neistecke,
do is mer werklich ganz perplex,
Berichte aus entfernschte Ecke,
es Wichtigschte awer is de Sex.

Mit recht viel Sex schraubt so e Zeitung
die Uflagszahle kräftig nuf,
die Leit stehn alle uf de Leitung
un dodruf baut des G'schäft sich uf.

Wann so en Sex-Star-Bombe-Kenner
vun viele Scheidunge nor spricht
wern langgediente Ehemänner verlege
rot noch im Gesicht.

Vun ausrangierte Ehefraue un ihrem Leid
schreibt kaaner mehr,
e Glick uf Träne ufzubaue
fällt dene Sexbombe net schwer.

Ja, Deutschlands Frau'n sin unzufriede,
erklärt en Fortsetzungsbericht,
mer gibt sich Mieh, mol dorchzusiebe,
an was es eigentlich gebricht.

Und wie sie leben, wie sie lieben,
verschiedene Frauen dieser Welt,
hat bis ins Kleinste jetzt beschrieben,
e großes Blatt, was auf sich hält.

Doch manchmol muß mer werklich lache,
wenn beispielsweise es gelingt,
e Bild mit owe nix zu mache, dann des beweist:
die Dame spinnt.

Mit oben ohne, keine Frage,
hot jetzt e Schneiderin erklärt,

des kennen einzelne nur trage,
des is die Umstellung net wert.

En BH muß fascht jede trage, –
bei manche staut's de Hosebund,
en Schlopp am Buckel draus zu mache,
des hält se net grad fer gesund!

Ja, un die Beatles, die 4 kesse,
die spielen heitzudags normal,
die Weiber sin do wie besesse,
die kreischen eifach in de Saal.

Ich les mei Illustrierte alle,
hab ich am Stand emol e Paus,
drum kenn ich mich in jedem Falle
in meine Blätter richtig aus.

Was ich daran besonders schätze,
es ist an alles doch gedacht,
des is die Seit, wo jeder schwätze
un saa kann was em Kummer macht.

Hat sich Dein Mann für eine Schöne
in heiße Liebesglut verrannt,
hol Dir en Rat zum Abgewöhne
auf Seite 6, bei Doktor Brand!

Un macht die Schwiegermutter Szene
un hält se alle Eich in Bann,
dann schreib emol an Frau Irene,
die wääs, was mer do mache kann.

Un die Romane les ich immer,
die sich dorch viele Nummern ziehn,
ich glaab devun jo net en Schimmer,
die Hauptsach is, daß se sich kriehn!

Es wichtigschte bei alle Glosse,
des is erwiese un erprobt,
do kann mer sich ganz druf velosse:
Ufs wöchentliche Horoskop.

Wann des in finanzielle Dinge
die Sparsamkeit fer richtig hält,
do kannschte Der des beinoh singe:
dann holt's Finanzamt wieder Geld.

Ja, selbscht in dene Liebessache
sin Iwerraschunge bereit,
es kämt, – un des is net zum lache, –
aach noch fer mich e großi Zeit!!

Zum Schluß do kimmt noch die Reklame,
die macht jo erscht die Zeitung aus
do merkt mer sich die neie Name
un holt die Sache sich ins Haus.

Dann wees mer's ob mer sich aach werklich,
mit Creme kann en Busen ziehn
un was die Männer iwer 40
so masseweis empfohle kriehn.

Un dann empfiehlt mer Liebesbücher,
weil kaaner waas, was er net kann,
des misst mer ausprowiere – sicher –
wahrscheinlich mit 'me neie Mann.

Es werd vun Eich schun mancher denke:
die werd jo fascht obszön, die Fraa,
der kann Kritik sich ruhig schenke,
dann was die drucken, derf ich saaa!

Ich bin zu meim Beruf gebore, wer des net is,
der lernt es nie,

mer krieht vun selbscht, so mit
de Johre,
sei eicheni Philosophie!

Ich seh jetzt Leit do riwwer schwenke,
mein Stand krieht nochemol Besuch, –
die woll'n heit Owend nix meh denke
un kaafen sich ehr „Bilderbuch“.

Do lesen se vun Millionäre,
sehn deren Autos un ehr Geld
un duhn sich innerlich beschwere,
daß ihne des fascht alles fehlt.

Wer nicht mehr kennt die kleinen Freuden, –
des denk beim Lese ich so oft,
dem wird auch alles nichts bedeuten,
wenn er das hätt' was er erhofft.

Des Schunkele, Lache un des Singe,
des Ritzambaa un den Radau,
des kann kaa Illustrierte bringe,
des muß mer m a c h e, drum Dollau!!

Alles fer die Fassenacht

1965

Dollau, so klingts in froher Rund,
Dollau, der Gruß tut's allen kund,
daß sie beginnt, die närrische Zeit,
die dem Gott Jokus ist geweiht.

Dollau, das weckt das Kommitee,
die Aktiven der A.C.G.,
seit Herbst schon ruft es Mann für Mann,
bis man dann endlich sagen kann:

Dollau, fangt an, es ist erreicht,
die erste große Sitzung steigt,
die Bombenstimmung dann im Saal
befreit uns dann von jeder Qual,
denn bis zu dem Fanfarenklang
ist manchem von uns angst und bang.

Es ahnt jo niemand, wie des geht,
bis Sitzung, Ball un Umzug steht,
was do geschafft werd un besproche,
gar manchen Owend, viele Woche.

Un zu der Arweit owedrei,
do brocken mer noch Geld enei,
do gibt's Debatte ohne Schminke,
do gibts en Dorscht,
do muß mer trinke.

Un is der Owend dann erum,
dann bringt aam bald de Hunger um,
so kann mer werklich dann net geh,
greift nochemal ins Portmonee.

Un dann gibt's Leit, die saan so spitz:
„die A.C.G., die macht jo nix“,
die maanen, kummen se do her,
daß alles selbstverständlich wär.

Die kummen uf die Frog net druf,:
wer hängt dann do die Fahne uf?
Wer schleet die Biehn uf, holt den Kram,
wer hot im Lager ufgeraamt?

Wer schreibt noch schnell e Bütteredd,
wer macht e Lied fer e Duett,
wer b'stellt die Musik, klebt Plakate,
wer bind se aa, mit Droht un Fade,
wer holt die Ständer wieder ei
un bringt se dann ins Lager nei?

Wer dekoriert ganz nei de Saal
zu unserm scheenschte Maskeball?
De Fastnachdienschtag geht do druf
vun morjens bis de Saal geht uf,
do werd noch schnell enausgekehrt,
wann uns de erschte Gast beehrt.

Do maant de Olfe Günter als:
„der Kram, der steht mer bis zum Hals,
mein Mumm, der is fer heit jetzt all,
ich brauch jetzt kaameh Maskeball.

Ich geh jetzt haam, mer is so mies
un bad mer erscht emol mei Fieß,
die sin, wie dorch de Wolf gedreht
wammer do uf de Laader steht.“

Die Sänger schaffen aa noch was,
die hol'n in Dreise ehren Baß,

die Üwen oft den ganze Kram
un fahrn den Baß dann wieder haam.
die duhn noch mehr als ihre Pflicht
un fahrn oft nachts noch uf die Schicht.

Des is noch alles net genuch,
wann die dann fahrn im Fassnachtszug
schmeißense Bonbon ungerad
die haw'n se aa noch selbscht bezahlt.

Un noch was is do zu bekenne,
fer vieles muß die Garde renne,
des geht schun viele Johre so,
wann die gebraucht werd is se do.

Inzwische gehts aach manchi Stund
ins Kaisers ehre Werkstatt rund,
gar manches vun der Fassnachtspracht
werd do vun e paar Händ gemacht.

Des hot sich niemand vorgestellt
was des fer Zeit koscht un fer Geld.
Mer rechnen hie, mer rechnen her,
wie' billigschtens zu mache wär.
Bis nor en neie Vorhand hängt,
do ham'n dreitausend Mark die Kränk.

Mer brauchen Orden, neie Kappe,
fer alles muß mer jo berappe,
die Garde brauch mol neie Hüt,
die Mädcher Röckcher, wie mer sieht,
des all ze mache is e Kunscht
mer krieht heit nix meh umesunscht.

Was mer do werklich hawe müsste
des wärn en Haufe Idealiste,

der Idealzustand is weit,
bis jetzt sin mer e handvoll Leit.

Wann awer mancher werklich wüsst,
wie schee 's bei uns do immer ist,
der käm ebei, nor wee dem Spaß,
dann wan mer draa sin, dut sich was.

Do wern beim Schaffe Sprich gekloppt,
do werd aa aaner mol gefoppt
un bis dann alles is gemacht
do hatten mer schun Fassenacht.

Normalerweis werd mer des satt,
doch wir tun's gern für unsre Stadt,
mer machen do jo net die Dolle
weil mer uns selwer here wolle.
Wann Ihr dann singt un herzlich lacht,
dann is die Sach fer uns gemacht.

Mer sin halt einfach frohe Leit,
besonders in der Fassnachtszeit,
des wees e jeder der uns kennt
un unsern prima Präsident.

Mit Schwung un Takt führt er Regie
un schlechte Laune kennt er nie,
sein Wahlspruch ist seit eh und je:
allen wohl und niemand weh.

Der derf zu uns so manches saa
un prima jobse kann er aa!
Wer kennt so gut wie er die Leit,
wem is zu gewe man bereit,
wer boxt aa Schwierichkeite dorch,
im Zweifelsfall: de Arnold – Schorsch.

Er is de Motor in dem Haus
vun ihm geht aa die Zündung aus.
Wann der des Narrezepter schwingt,
es Alzer Lied dann froh erklingt,
wann der de Schalk im Nacke hot,
dann strahlt er, wie en junge Gott!

Kaan Bütteredner geht hier fort,
für jeden gibt's e passend Wort
wenn er am Ende angelangt
womit der Präsident ihm dankt.

Der langen Rede kurzer Sinn
steckt in dem Wörtchen „danken" drin.
Der Präsident hat's stets gemacht
wir haben jetzt erst dran gedacht.

Herr Präsident, – ich sag jetzt „Sie",
wir danken herzlich für die Müh,
die Sie für alle sich gemacht,
zur goldigen, Alzer Fassenacht.

Un nochwas saa ich heit ganz forsch:
„Du bischt un bleibscht halt unser Schorsch,
des merkscht Du jetzt aach ganz genau
beim dreifach donnernden

Dollau!!

De Fortschritt

1965

Alljährlich an Fassnacht, des hert halt dezu
do hallen die Narre eht Raadewu.
Es werd so sauwer erausklamüsiert,
was im Lauf der Zeit so alles bassiert.

Un guckt mer emol recht weit zurück
un vegleicht mer so alles Stück um Stück,
do merkt mer, wammer so recht sich besinnt,
daß de Fortschritt alla unser Lewe bestimmt.

Die Neandertaler, mit growe Knoche
die sin noch in Höhle erumgekroche,
mer hun scheene Haiser mit feine Sache,
ja, des is de Fortschritt, do kenne mer lache.

Als de Mensch sich dann aazog mit wergenem Zeich
do hatt er die erschte Kulturstuf erreicht.
Jetzt hot die Entwicklung anscheinend e Paus'
heit machense Stripties un ziehen sich aus,
machen nackiche Ufziech un lauter so Sache,
des is en Fortschritt, do kammer nix mache.

In alter Zeit is de Mensch viel marschiert,
hot beim Laafe geschwitzt, – net wie heit transpiriert,
hat kaa Auto, kaa Heizung, hot kaan Coctail gemixt
un vun Bandscheiwe hot er garnix gewisst.
Mer heren's heit nor in de Wirbelsäul krache,
des is halt de Fortschritt, do kann mer mix mache.

Friher hatten die Leit aa viel bessere Zäh',
die hun Worzele gekaut un rauh Brot, – kaa Haschee,
die konnten bei ihre rohe Gerichte
ufs Zähnebutze vollkommen vezichte.

Mer kochen un brutzeln, duhn alles verfeinern
un was uns zu grob is im Mixer zerkleinern,
die Zäh', die brauchemer kaum meh zum Esse,
die wern umgekehrt jetzt vun de Fäulnis gefresse
un de Zahnarzt kann ständig Dei Maul üwerwache;
des is halt de Fortschritt, do kannschte nix mache.

Mer missen jetzt halt, zu unserem Nutze
dagei un dagaus die Zähl fescht butze.
De Schulkinner bringt mer des zeitig schun bei,
doch manchem Erwachsene is des scheint's nei,
wie's statistische Amt kerzlich feschtgestellt hot,
daß die Hälft aller Deitsche kaa Zahberscht hot.

Die alte Germane, die hattens noch schwer,
des kennen mer heit schun garnet mehr.
Die hun, sich ze wesche, un des hot geklappt,
im Winter am Fluß erscht es Eis ufgehackt.

Eiszappe im Bart sin se rumgerennt, –
bei uns kimmt's haaß Wasser direkt aus de Wänd',
mer kenne uns wesche, wann immer mer wollen,
doch secht die Chemie uns, was besser mer sollen:

'S gibt Reinichungsmilch fer ins Gesicht
un was bessres als Sääf, fer dort wo's als riecht,
des viele wesche, des is heit verbei,
mer machen des anerscht, mer nemen heit Spray.
Wer werd dann do noch groß Wescherei mache
bei so eme Fortschritt, – do misst mer jo lache!

Des Spray, des is halt werklich klor,
fer die Achsele, die Fieß un aa fer die Hoor,

steif vun Spray un tupiert sind die
Kepp famos,
sehen aus wie en ufgangene Hefeklos.

Dank Spray, do geht jetzt, ach was e Glick,
de Seifevebrauch beträchtlich zurick.
Jetzt werd, – un des gibt dem Spray erscht sein Sinn,
vum viele Wesche die Haut nimmeh dinn.

Die platzt aa im Winter jetzt nimmeh so uf,
dann's kimmt jo nix runner, es kimmt jo was druf!
Spray gibts fer alle erdenkliche Sache,
des is halt de Fortschritt un do muß mers aa mache!

In aam warn uns die alte Deitsche voraus,
die hatten schun domols en Brootspies vorm Haus.
Die hun des erlechte Gefliechel un Wild,
die Ochse un Wuzze neizeitlich gegrillt!

Es sei anwer niemand vun uns heit gerote
uf de Gass mit Holz noch am Brootspieß zu broote,
des geb jo viel zu viel Sauerei
un außerdem kimmt do die Polizei!

Mir hawen doch heit, wo immer es geht,
in jedem Gerät Elektrizität.
Dank ihrer Hilfe brauchen mer heit
fer alle Arweit viel weniger Zeit.

Doch um ze bezahle, was mer sich so bestellt
do brauchemer umgekehrt wider mehr Geld,
un des Geld, des kann mer net eifach so raffe. –
um mehr Geld ze krieh, muß mer wider mehr schaffe!

Un so geht's halt weiter, druf un druf,
ja der Fortschritt wär recht, der hert nor nimmeh uf!
Bei uns geht heit alles nor uf die schnelle,
mer erlewen aa alles buchstäblich in Welle.

Kaum war die Währungsreform vebei,
do setzte ganz plötzlich die Fress-
welle ei,
mer hun jo zunegscht noch lang
net geprasst,
dann mer hun jo zu dritt in en Sarg neigepasst.

Mer sin dann, e bißje ufgenudelt,
sofort in die Kleiderwell' neigetrudelt
un des war do aach noch net üwertriwe,
dann wem war dann meh noch als Fetze gebliwe.

Es folgten sofort dann auf der Stelle,
die Kühlschrank-, die Auto-, die Babywelle.
Ja, als mer de Wohlstand dann endlich erreicht
do hammer uns endlich aa Kinner geleischt.

Die Fraa geht mit schaffe, es is alles in Butter,
mer hawen bald alles, – nor die Kinner kaa Mutter,
was mer do manchmol sieht ist garnet zum Lache,
ja, des is halt de Fortschritt, do kann mer nix mache!

Mer kennt fer den Kram sich grad vereiße
un alle paar Woche den Kram ewegschmeiße.
Well' Radio is's negscht Johr noch modern,
was fern Fernseher empfehlen ab morje die Herrn?

Dei Auto war grad erscht de letschte Schrei,
drei Monat später, do isses vebei,
de Foto, de Mixer, die Kaffeemaschin'
es neischte Modell, bald isses dahin.

Die Kautsch un die Sessel sin bald nimmeh schee,
kaum daß mer se kaaft hot, do sin se passee
un trotzdem kummen mer als wirre mit:
mer kaafen uf Rate un nehmen Kredit.

Die alte Deitsche, die waren noch hell,
die hatten ehr ganz Lewe aa Bärefell,
die deten nor iwer die Zuständ
heit lache.
was? des is de Fortschritt? – kann mer do nix
draa mache?!

Es hot alles gewechselt, 's is fascht üwertriwe,
nor die Hähncher- un Steakwell, die is gebliwe,
es stirbt heit kaaner meh dorch es Schwert,
wies bei de Germane sich hot gehert.
Mer fressen weiter, uns glänzt schun de Nawel
un so stirbt mer heit quasi dorch Messer un Gawel

Un wie geht's mit de Klääder heit zu,
die Mäntel, mit Jacke, mit Hosse un Schuh?
Als „Dernier Cri" kaaft mer heit was ei
un steckts bald druf in de Lumpesack nei.

Mer muß schun mitmache, sunscht ist mer blamiert,
's werd jeder nor no de Klamotte taxiert.
Ja, Kleeder, die machen noch immer die Leit,
awer noch lang kaa Persenlichkeit.

Persönlichkeit werre, do muß mer sich mühe
uf em geistige Sektor die Kehr noch ze kriehe,
wer nor Geld hot un Auto's der hot noch kaa Spur,
was Persönlichkeit ausmacht, nämlich Geist un Kultur!

Mer warn mol des Volk der Dichter un Denker,
heit denkt mer kaum selbscht, mer macht högschtens
Gestänker.
Die geistige Kost is reglementiert,
die werd bundeseinheitlich uns fertig serviert,
mi'm Selwerdenke quelt niemand sich ab, –
mer hot jo es „Bild" und die „Lesemapp"!

Un hot mer in Meinung un Bildung
e Lück,
do greift mer ganz einfach ufs
Fernseh' zurick,
des bringt doch heit alles, uf jedem Gebiet,
wohl dem, der sei Meinung vum Fernseh' bezieht.

Der is aa beim Eikaafe schwer uf de Hut:
ja, des kimmt doch im Fernseh' un do isses aa gut!!
Oh, wär' es in Deitschland doch endlich so Brauch,
daß im Fernseh' nor kimmt, was aa werklich
was daucht!

Un hot mer erscht so e Bildröhr' erworwe,
is jedes Familiegespräch erstorwe,
ja, des Fernseh' werd geistig uns vollends verflache,
na, – ist des de Fortschritt, – muß mer do nix
draa mache?
An sich wär der Fortschritt gut un schee,
mer verstehn's not net, demit umzegeh'!

Ich behaupt sogar, mit em gleiche Mund
ab un zu hot des Fernseh' sei großi Stund
un ich saa noch weiter mit aller Ruh:"
wann die Zeit fer was reif is do geherts aa dezu!
Nor soll mer aa selbscht noch sei Dag sich gestalte
un – drum hot's den Knopp fer mol abzuschalte!

Ach, – was saa ich des Eich, ich bin jo bleed,
Ehr habt den Knopp jo heit rumgedreht,
Ihr habt Euch, für ein paar fröhliche Stunden
in der Narhalla hier eingefunden.

Un dene ich's saa wollt, die herens jo net,
die hocken vorm Fernseh' un gehn dann ins Bett.

Awer mer wollen schunkle un singe
un lache,
nor des is en Fortschritt, –
un des wern mer jetzt mache!!

Dollau

Die Marktfrau

1966

Also, wann er was brauchen, ich bin die Fraa Kerk
steh vun morjens bis owends do uf em Merk.

Ich kann, des werd Ehr jo versteh
do nor in Arweitskleidung geh,
ich kann mich an mei'm Stand net butze,
so wie die schicke Hollywutze.

Ich brauch so dicke Futterschuh
un waame Hosse noch dezu,
weil ich im Herbscht, meischt viel zu frieh,
es an die Brochinalie krieh.

Ich saa Eich, e Gemiesefraa
is e Beruf, wie annere aa,
weil mer e bißje dreckich werd,
werd des Berufsbild ganz vezerrt
un mancher, der so halb michugge,
maant, er mißt uf aam runnergucke.

Ich wer do werklich als ganz wild,
was sin die Leit so eigebildt,
was dehnsen mache ohne uns?
die wern net satt vun ehrm Gestrunz!!

Es kimmt als manchmol wer do her,
do maant mer wunner wer der wär,
debei dut der fascht alles bumbe,
behanelt aam, wie en Ufziehlumbe.

Die anner Seit, die wees halt kaaner:
in mei'm Schrank hängt en „Persilianer",
ich hab so mei Privat-Allüre,

e Villa mit „Geflücheltüre“,
Marathonläufer uf em Flur,
Kamin un e Pandüle-Uhr.

Ich waas ach wohl, was sich gehert,
wann sunndags mich Besuch als stört,
wann aaner uvehofft mol schellt,
aam quasi eifach üwerfällt.

Der merkt jo net, daß ich dann denk:
„ooch heschte werklich heit die Krenk“,
der hot noch in de Hand die Schlink,
do froch ich schun: was fer en Drink?

Ja, so se froh hab ich es Herz,
des sin so amerikanische F ... Bosse,
ich hun e Bar mer baue losse.

Im Koche bin ich e Scharnier,
desweje kimmt mer gern zu mir,
mei Gäscht, die wern des nie vergesse,:
bei mir gibt's fortables Esse.

Ja, frieher wollt ich, wie's so geht,
studiere uf de Unität,
die Sach ging leider awer schief:
mei Schulbildung war zu primiv.

Mei Mutter, praktisch, wie se war,
die seet: „Du werscht Gemiesefraa,
ich nem die Sach jetzt in die Hand
un kaaf Der en Gemiesestand“.

Un ich hun, ohne viel se brumme
den Konjunkturkampf (Konkurrenzkampf)
ufgenumme, doch is es werklich garnet leicht,
bis mer e bißje was erreicht.

Die Leit sin heit jo so verwehnt,
die wern aa manchmol uveschämt,
wann mol im Summer bei de Hitz
de Kram so halb verschrumbelt is.

Ich her mer ruhig alles aa,
am annre Dag krieh ich se draa:
was an Gemies is net vekaaft,
des werd halt nochemol gedaaft.

Fer was gibt's dann e Badewann,
do hilft mer owends als mein Mann
un anredags leit wider frisch
es ganz Gemies do uf em Disch!

De Vorteil, wammer so bedenkt,
die Spritzmittel wern abgeschwenkt,
die Werm vesaufen aans, zwaa, drei.
un mei Gemies is einwandfrei!

Mer krieht jo manchmol grad die Motte,
es frißt bald kaaner meh Karotte,
hegschtens im Friehjohr, was fer Denz,
do hawense noch goldne Schwänz!

Im Bindelche, aans fer e Merk,
do heest's, die machen frisch un sterk,
wann's pundeweis werd aageschriwwe,
dann sin des nor noch Geleriewe.

Dehn se die esse, bißje meh,
do dehnse aa viel besser seh'
un mancher breicht, wann er nor will,
noch net zum Strunze meh e Brill!

Weil eisehaltich de Spinat
hot kerzlich aaner zu mer g'saat,

daß er em aus em Weg stets geht,
weil er sunscht roschtich were det!

Mich freet e Fraa, vor e paar Woche:
„was soll ich dann heit mittag koche?"
Un ich empfehl halt immer mol,
aach Weißkraut, Wersching, Rosekohl.

Ach Gott, seet die, wo denkensen hie,
ich will doch heit mei Schlää net krieh,
mein Mann, der schennt, mer heert's wie weit:
„was Kraut, do stinkt's no aame Leit!"
Des hammer frieher mol gefresse,
jetzt sin mer wer, – ich will's vergesse!

Ich denk fer mich: umsunscht die Mieh,
mer wern jetzt frische Sparchele flieh,
vun Florida zu uns doher, –
un's Geld langt wider mol net mehr!

Oft hatt ich schun den Kram so satt,
die Leit, die wolln sogar Rabatt
uf Koppsalat un waache Kees,
do wer ich werklich bitterbees.

Ich deht, wann mer des werd zu dumm
am liebschte saa: dreh Dich mol rum,
daß ich Der besser, liewer Mann
mol an de Hinnere trete kann.
Ich denk des nor, saa duh ich wenich,
bei mer is noch de Kunde Könich!

Im Herbscht do kimmt zu mer e Fraa,
die wees net viel, mer sieht's er aa,
die seet: „ach bitte, liebe Frau,
beraten Sie mich ganz genau,

wie soll ich diese Pilze machen,
ich sammle erstmals solche Sachen."

Ich hun schun innerlich gelacht
un saat zu ehr: „so werd's gemacht,
Sie butzen, weschen alles schee,
mit Butter in de Dippe leh,
dann dempense die Pilze aa,
duhn Wasser, Salz un Rahm noch draa.
Zu lang se koche hot kaan Zweck.
Un dann, – werfense alles weg,
weil all die Pilz im Korb do drin
ganz ohne Ausnahm giftig sin!"

Die hot sich nimmeh halte losse
is wie e Raket devungeschosse!
Was muß die aa im Wald rumlaafe,
die soll ehr Pilze bei mer kaafe!
Dann hun ich nochemol gelacht: –
ich hatt die Pilze net betracht!!

Vor Weihnachte do war es schwer,
des hattemer schun lang net mehr,
do seet mer Hinz und Kunz un Maier:
„Ach Gott, was sin die Eier deier."

Die froon so vorwurfsvoll, wie's geht,
als hett die Eier ich geleet.
Mein Mann redd alsemol doher,
daß ich e närrisch Hinkel wär, –
ich bin velleicht e bißje bleed, –
doch Eier hun ich nie geleet.

An Weihnachte do koschten glei
so zehe Eier Merkener drei,
des is jo werklich nimmeh schee,

vielleicht kimmt's vun de EWG,
en alte Mann, der maant dodruf:
„ja, do wär besser „Pole“ uf.

Vum Butterpreis wär viel se saa,
ich her die Leit do garnet aa,
do reißt mer werklich die Geduld,
an dem Preis sin mer selwer schuld.

Was glaabt Ehr dann, was do bassiert,
wann jeder nor Magrine schmiert?
Des mißt doch bald de Dimmschte wisse:
de Butter krecht mer nochgeschmisse!

De deitsche Bürger awer schennt,
wo Politik *er* mache kennt,
er brummt un eilt sich, fortselaafe,
sei halb Pund Butter sich se kaafe.

Fer mich is eifach des gewest:
ich ess Magrine aus Protest!
Doch leider machen des net alle
un ich allaa kanns aa net halle!

Es Selwe hammer nochemol,
grad jetzt in Sachen „Alkohol“.
Was sin se do all losgerennt,
– natierlich hamnse aa geschennt –
daß jeder hett en Vorrat steh,
die Steier geht doch in die Heh!

Ich wett' die sin umsunscht geloffe,
der Vorrat is schun längscht gesoffe
un unser Staat wär werklich bleed
wann er des Geld net hole det.
Er kann in Zukunft sicher sei,
des Geldquellche, des geht net ei.

Mi'm Kaffe is es selwe noch, –
nor Steier druf, die trinken doch,
bei jeder Tass' is mer zu dritt:
der Staat, der säuft zwee Tasse mit.

Un kaaner denkt aach mol dodraa,
sich endlich selwer mol se saa:
„ja, ich entweich dem Steierdruck,
ich trink jetzt einfach Muggefuck."
Uf *die* Tour kammer aa was saa
un unser Herz deht ruhiger schlaa.

De klaane Mann genießt – un schennt,
behaupt' daß er nix mache kennt,
er maant, es is halt alles deier,
mer kummen um, vor lauter Steier.
Ob werklich kaaner mehr des weiß:
Die Nachfrage regelt den Preis!

Mer kennt's dem Staat so manchmol zeiche,
uf anere Sache auszuweiche
is meischtens garnet allzu schwer,
nor, – will die Sache kaaner mehr!

Wie mer sich wehrt, des is bekannt,
mer nennt's „Passive Widerstand":
ehr mißt, mei liewe Volksgenosse
was deier is, nor leie losse.

Was nitzt des *do* zu saa dann schon,
ich her jo eichentlich no Bonn,
doch halden die alles nor fer Sprich, –
die *hern* ganz einfach net uf mich!

„Bleib uf em Boddem, mit de Fieß,
saa ich mer selbscht, vekaaf Gemies",

doch kumm ich immer meh do druf:
ich glaab, ich geb den Stand bald uf,
de Supermarkt kassiert uns ei
in so'me Stand steckt nix meh drei.

Ich kennt aach zu de Playtex geh
un kennt dort Büstenhalter neh',
die saan des wär jo garnet schwer
un außerdem wär ich aach „wer“.

Un stellt Eich vor, net zu vegesse:
ich deht dann frisch Gemies nor esse,
dann seither kau ich ruhig un still,
des welke Zeich, was kaaner will.

Ach, Kinner, des wär werklich schee,
hervorglänzend det mers dann geh
un endlich kennt mich mol mei viele
Policolorschallplatte spiele.

Ich ging zum große Haufe hie,
do het ich endlich nor zu krieh':
Freizeit, Tarif un Urlaubsgeld
un reise det ich dorch die Welt!

Un uf die Fassnacht ging ich halt,
dozu bin ich noch net zu alt,
ich lach un sing un peif do druf
(zeigt auf den Stand)
da, nemmt ehr Leit, *heit* geb ich uf.
(wirft alles ins Publikum!)

Dollau!

Made in Germany

1967

Wann immer mer in aller Welt
was Gutes wollte fer sei Geld
greift mer zu dene Sache hie
wo drufsteht: „Made in Germany“.

Des Gütezeiche war bekannt,
in aller Welt, in jedem Land
un wann mer aa noch owedrei
wollt pünktlichstens beliefert sei,
so kaufte man in jenem Land,
wo Qualität ganz owe stand.

Fascht üweall die Bleistiftmine
un aa die Betonmischmaschine,
Rasierklinge und Kichemesser,
die machte ewe niemand besser.

De Krischtbaamschmuck der war bekannt,
wie's Spielzeich vum Thüringerland,
Eisebahnschiene, Lokomotive,
Ferngläser, Fotos un Stative,
Nähmaschine, ganz bekannte, –
der unbestechliche Beamte,
des kunnt mer beschtens bei uns krieh',
war alles made in Germany.

Des hot bei Kriegsend uns hernocht
aa wider uf die Fieß gebrocht,
doch mit dem Wohlstand stellt sich ei
aach e gewissi Schlamperei.

Un mer vekerzt die Arweitszeit,
vum Ausland holt mer sich dann Leit,

kaaner verdient sich meh genug,
mer sin mi'm Liwern in Verzug,
schnell schmeißt mer hie,
de ganze Bettel,
macht freitags nor noch Lottozettel
un montags morjends fängt sodann
mit Sportzeitung die Woche an.

Was kümmert aam die Qualität,
wanns nor gemietlich weitergeht
un es verliert an Sympathie
das alte „Made in Germany".

Dorch hohe Löhne, hohe Steier
werd „Made in Germany" zu deier!
Ja, – merkt bei uns des werklich kaaner:
des G'schäft macht künftig de Japaner,
der is, wie sicher jeder weiß, –
zufride mit ner Schissel Reis
und liwert billig, wie noch nie
aach haufeweis *nach* Germany.
Mer bleiwen eines Dages trocke
uf unsere deire Sache hocke
un 's is e Zeiche, wann mer schlicht
vun „Maade" in Germany spricht.

Es bleibt jetzt nix meh abzuwaade
allmählich fressen uns die Maade
die letzschte Hoor noch vun em Kopp,
drum gilt nor noch des aane: Stop!
Es gilt fer uns, die negschte Jahre:
nor spare, immer wider spare.
Doch wendt glei wider jeder ei:
„warum muß des bei mer grad sei!"

Wann so en Orient-Frauenheld
im Bundesstaat verdient sei Geld
un Germany derf die Pauschale
fer fufzeh Kinner noch bezahle
un spendeweis se aa noch aazieh‘,
des sin die Maade in Germany.

Wann so en Utschebebbes kimmt
und die Entwicklungshilfe nimmt
un bettelt fer sei arme Freckel,
fillt awer nor de eichne Säckel
un dann ganz hortig weiterlaaft,
Waffe un goldene Teller kaaft,
der soll uns nor noch aamol draakrieh‘,
des sin doch Maade an Germany.

Natierlich bin ich aa defor,
daß mer aach hun e offe Ohr
fer die Entwicklungsländer drauß,
bei dene siehts noch traurich aus,
daß mer do *soviel gewe sollen*,
wie die sich selwer helfe wollen.

Dann was bei uns jo schließlich auch
Generatione hot gebraucht,
des is net uf emol ze zwinge
un plötzlich in die nei ze bringe.

Die kann mer aus em Urwald locke,
in e Dreizimmerwohnung hocke,
die schlaan die Mewel korz un klaa
un stecken domit Feier aa,
die schlofen liewer drauß im Gras
un tränken ruhich im Klo die Gaas
un warten druf, daß aaner kimmt

un wider was aus Deitschland bringt:
zum Esse un aa was zum Aazieh'
des wern dann „Maade an Germany"!

Uns set mer dann, es det sich lohne,
uf die Tur Freunde sich ze hole,
die uns dann helfen, fer die Spese,
die Deutschlandfrage aa ze löse!
Ich saa, wanns gilt, sin die bei dene,
die noch viel meh bezahle kenne,
do sollt' mer en gesunde Zah' zieh',
des sin doch Maade an Germany!

Will mer schun so es Geld verschwende,
do wisst ich's besser zu vewende.
In dem Fall bin ich ganz defür,
verwendt's doch glei vor unsre Tür,
die Ostgrenz – Staate warten druf:
mit Geld gehn Tür'n un Vorhäng uf
un kaaner guckt genau noch hie
ob drufsteht „Western – Germany"
die Maade, die dann bei uns fresse,
wär'n Europäer!, – net vergesse!
Bestimmt gäb's Risse in dem Block, –
un's Hemd is näher, als de Rock!!!!

Mir schulden, des bestreit jo kaaner,
aach manches em Amerikaner.
Doch buttert mer, – ja muß des sei, –
sofort so 50 Millione nei,
als Spende, ohne was ze saa,
für Metropolitan-Opera!
Obwohl's an unserm Haushalt krankt,
500 000 hetten gelangt,

die hetten dofor, wie mer sieht
wohl 1000 noble Sessel krieht!
Sie hetten vielleicht, –
net zu mei'm Schade, –
de Mende dann net eigelade.

5 Millione fer de Assuan-Damm,
damit mer dort versetze kann
en alte Tempel, so en gute,
der sunscht versinkt in dene Flute.
Was kann mich dann der Tempel jucke,
den krieh ich doch net aasegucke,
ich maan, mer det in dene Sache
mit unserm Geld nor „Bruljes" mache.
Wem die Jack basst, der soll se aazieh'
was fressen Maade an Germany!

Was des allmählich Löcher reißt,
wann mer mi'm Geld so um sich schmeißt.
Daß mer de Wohlstand so vertreibt,
des spiern mer jetzt am eichne Leib.
Jetzt rechent mer sich plötzlich aus:
sofort die Gastarbeiter raus! –
Mer het nor brauche mich se froo,
do warn die allesamt net do.
Ich hett's gemacht, mit einem Strich,
doch leider hert mer net uf mich!!!!

Wärs mer' no gang, do waren glei,
10 Üwerstunde abzugsfrei, –
pro Woch. – die negschte 5 denoo,
wärn mit de Hälft nor abgezoo.
Dann Schluß, mehr kimmt net in die Dut,
ab 20 geht mer jo kaputt!

So det mer alle Erwet klaa krieh,
Die Maade wern net in Germany!

Mer müsst aach, ohne lang zu waarte
entferne noch e paar so Maade,
die ufziehn wie komplette Deppe
und hocken üwerall uf Treppe,
sin net gewesch' un net gekämmt,
kaputt die Hosse un es Hemd,
die Mannskerl mit so lange Hoor,
e faul un dreckich Lumpekoor,
des sich geh' jede Ordnung bäumt
un seet mer hetten was versäumt
an ihne un an dere Welt,
weshalb mer außerhalb sich stellt.

Ich maan natierlich nor die Gamler. –
bei Haase nennt mer sowas „Rammler", –
ich hab lang driwer nachgedacht,
do hammer aa was falsch gemacht.
Mer hett, so richtig aus em volle,
glei an de Arsch en trete solle,
bei ehre erschte bleede Bosse un se dann
Kohldamp schiewe losse,
un dann sofort, des is mer klar,
abschiewe no Amerika!
Dann was bei uns do so bassiert,
des is vun dort aus importiert,
des Fernseh bringt uns ohne Schminke
vun dort fascht nor „Vebrecherschinke",
mit jedem Stromer als en Held
un des aa noch fer deier Geld!

E Volk ging unner, allemal,
wann's ohne tiefere Moral,

mer fördert bei uns jede Schwäche,
braucht nor noch die Charakterwäsche,
uf die Tour is es aa ze schaffe,
zu liquidiere, ohne Waffe!
Mer sollen so die Krenk noch krieh,
kaputt des Made in Germany!

Un deshalb bitt ich Eich doch so,
denkt doch bei Allem e bißje noo,
nor so krieh'n mer en wider hie,
den Wohlstand: Made in Germany!
Mer sin schun so oft ungewollt
in unser Uglick neigedollt.
Was nitzt des, wann ich red un schreib,
fer Bonn bin ich e dummes Weib,
die maanen ich mach nore Sprich,
die heern ganz eifach net uf mich!!
Dort mecht ich manchen g'sunde Zah' noch zieh,
nor fer des Made in Germany!

Es bleibt mer nor, soviel ich weiß,
ze wirke, hier in diesem Kreis.
Dann so e echti Fassenacht,
wo alles werd umsunscht gemacht,
wo Büttenredner keine Staars
un sicher ohne Honorars,
wo G'schäftsleit, dene net zum Lache
un Stammtisch, Umzugswage mache,
wo man die Lieb' zur Sache spürt,
die net vum Fernseh' honoriert,

ja so e Fassnacht gibt's nor hie,
is Made in Alzey, Germany!!

Dollau!

Die Korsettetante

1965

Ehr Leit, heit gibt's net viel ze lache,
ich sprech vun einer ernschten Sache,
Ich bin doch hier im Alzer Lande
bekannt als die "Korsettetante"
un des seit viele Johre schon,
S'is halt e b'sonderi Mission.

Un sin die Fraue noch so nett,
was wär'n se ohne ehr Korsett,
was, ohne uns Figurgestalter,
was wär'n se, ohne Büstenhalter.

So en BH, der hatte schon
im Altertum seine Funktion,
nor war er net, wie heit, geneht,
mer hot en Schlunker sich gedreht
und dann, e bißje zwar verzwickelt
de ganze Kram enufgewickelt.

Des hatt en Sitz, ganz wunderbar,
nor, – was des fer e Erwet war,
wann aaner owends oder frieh
versucht hot, sowas ufzukrieh!
Heit is es jo so aagenehm,
mit Stretch un Lycra so bequem
un macht mer uf, glaabt mer ufs Wort,
mit aam Griff is er fortgeschnorrt.

Im Mittelalter hatt mer dann,
so richtige Eiseg'steller an
un war's fer junge Mäd gedacht
wurd vorn e Schlößje drangemacht.

Zu Kaiser Wilhelms Zeite dann,
do war die Wespentaille dran
un was do owedriwer steht,
des war, wie uf's Tablett geleet.

In e Korsett eneigezwängt,
de Busen unners Kinn gedrängt,
so standen alle Fraue do, –
de Vadder hatt se zugezoh,
debei stemmt er ins Kreiz sei Knie,
sie fällt in Ohnmacht un ist hie.

Was hawen mer des doch so schee,
uns zwickt nix un duht aa nix weh,
mer hawens bequem un Luft un Licht
un wann mer guckt, hot mer noch Sicht!
Kerzlich seet aaner: er wißt glei
ob en BH mit Stretch es sei,
er hett noch niemols falsch getippt, –
die kämen all so aagewippt!

E richtige Figurgestalter
werd mer erscht im gesetzte Alter,
wann mer dorch die Erfahrung dann
aa vollere G'stalte g'stalte kann.
Bei junge Mäd is nix ze mache,
bei dene stimmen alle Sache,
do wär die Erwet for die Katz
do is noch alles an sei'm Platz!
Do steckt mer, wie sollt's annerscht sei,
mol Kunfermandeeppelcher nei
un daß jo kaaner was vermiß
fittert mer uf, wo garnix is.

So erscht ab 170 Pund
do geht's bei uns so richtich rund

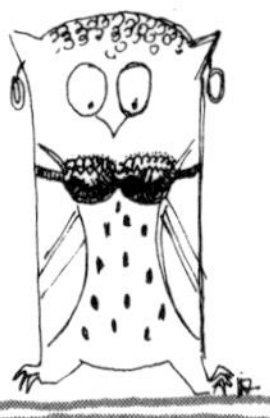

do lossen unser Kunscht mer walte,
do *gibts* ach ebbes zum Gestalte.
Mer hewen aa, mer dricken weg
un mer kaschiern e bißje Speck,
mer reduziern e bißje Fleisch,
en dicke Po, den machemer gleich.

E richtig Fachkraft is mer dann,
wann mer aa Lasso werfe kann!
Bei rer Figur, so richtig nett,
do langt der Zentimeter net,
do sin nor 150 druf, –
mer schmeißen drum un fangen uf,
dann messen mer in aller Ruh,
was driwer nausgeht, noch dezu.

Ich war in Hamburg an der Elbe,
in Köln, in Wien, an manchem Ort,
die Baich sin iwerall dieselwe
un Büsten sinken hier wie dort!
Es is e wahres Trauerspiel;
die Dicke essen all net viel,
die Derre grinsen ganz vemesse,
die derfen u'gstrooft alles fresse,
mer Dicke hawen net des Glick, –
mer essen nix – un wern doch dick!!

Drum muß ich jeder dicke Fraa
des aane zu ehrm Troscht noch saa:
„der Mann liebt in der ganzen Welt
jed Kilo, das im Arm er hält!"
So losst doch Eiern Kummer sei
un packt Eich erscht mol richtig ei,
des is doch wichtich, des Drumrum un –
ich hun de Profit devun.

Jetzt schreibt doch wider so en Geck:
Ihr Frau'n, werft den BH doch weg,
schafft obenrum ne freie Zone,
ich sag's genau: „geht oben ohne!"
Un en Professer in Köln, der Depp,
hot folgendes jetzt vun sich geb:
die freie Brust, des weeß der genau,
sei der Endpunkt der Emanzipation der Frau!
(Sunscht nix???)
Ich maan, emol langsam mit „Oben ohne"

1. misse mer de Männer ehr Nerve schone,
die stehn so fescht im Lebenskampf,
die kriehn bei dem Aablick e Magekrampf.
2. Gebts jo garnix mehr ufzespüre
es Lewe det jede Romantik veliere
un de Schriftsteller Lehmann lesst
sein Romanheld saa im Buch
„Hengst Majestoso Austria":
„Geh net so ohne wos auf und ab,
geh' ziag Dir wos an,
daß i wos zum Ausziag'n hob."
3. Gibts junge Busen, awer manche sin alt,
ganz bestimmt awer wär des beiden zu kalt,
do misst mer, – un des is werklich zum Lache,
dann wieder en Busenwärmer mache
un ich stell mer vor, als Figurgestalter,
des wär dann en g'fitterter Büstenhalter.
4. Hab ich drüwer nachgedacht:
Oben ohne, wär des Weltwunner Nummer 8
dann bei dene bekannte annere siwe
sin die hängende Gärte als Wunner beschriwwe.
Ich muß awer uf dem Standpunkt steh,
noch lang net alles, was hängt, is aach schee!

Oben ohne in Alzey, – niemals, nie!
Was gebts mit de heimische Industrie?
Do det, – un des wär jo nochemol
schee,
do owe, die Playtex pleit-ex geh,
der Gedanke do draa is mer schun net geheier,
zieht liwer 2 BH aa,
dann die Stadt braucht die Steier!

Jetzt hun ich Eich werklich genug vezehlt
un mer die paar Verse do abgequelt.
Ich maan, es wär jo langsam Zeit,
daß mer mich vun dere Bütt do befreit.
Un ich halt's im Prinz eifach fer schee,
wann's de annere laad duht, do soll mer geh.

Ab negscht Johr will ich mich unne hie setze,
in de Lästerecke es Maul noch wetze,
werd noch's Geld verwalde un ähnliche Sache
un de anre mol Damp un Feier mache.
Dann steht hier statt meiner e jüngere Frau,
noch viel Spaß un Servus und ein herzlich

Dollau!!!!

Rosarote Zeite

1969

Das große Loch der *Reichsbahnkasse* stopft
die verschwunde vierte Klasse.
So hieß es in de zwanzicher Jahre,
als mer uf Holzbänk sin gefahre.

Vun drei uf no zwee Klasse dann
des dauerte net allzulang,
mer mußt halt Klass' um Klasse streiche,
um Defizite auszugleiche.

Was hot's geholfe, – Scheibenhonich,
des Loch der Bahnkass, des is chronisch!
Der *Bundesbahn* will's aa net glicke,
des ewich „Kasseloch“ zu flicke.
Ihr fehlte stets der rechte Kleber, –
den hott se jetzt, – un der heest „Leber“.
Zwar werd's fer den net eifach sei,
uf jeden Fall fellt dem was ei.

Es lesst sich jetzt schun net bestreite
mer hawen rosarote Zeite
un des verdanken Frau und Mann
dem Leber un der Bundesbahn!

Ich konnt' net glei ermäßigt fahre;
mir fehlten gottseidank die Jahre,
als mer im Herbscht dann awer sieht,
daß jeder Mann zwee Kaarte krieht,
ob jung ob alt, ob dick ob schmal,
Ermäßichung in jedem Fall,
wann er e Partnerin sich wählt,
do hab ich mich sofort gemeldt!

Dehaam, do konnt ich jo nix saa:
ich bin jo e veheirat' Fraa.
Doch will mein Alte, all die Jahre,
jo net mit mer in Urlaub fahre!

Un wißt Ehr, was der zu mer seet?
Wann er in Urlaub fahre det,
do wollt er, maant er unverhole,
sich allererscht vun mer erhole.

Drum wollt ich mol fer mich verreise
auf eine ganz bestimmte Weise.
Ich hun, damit mer des aach glickt,
in die AZ eneigerickt:
es sucht agile Frohnatur,
so um die fufzich, mied kaa Spur,
robust, gesund un voller Kraft
'ne rosarote Partnerschaft.
Er kann, so schreib ich noch debei,
so um die fünfundzwanzich sei.

Kaum hatt des in de Zeitung g'stann,
do kimmt de Briefbott, ach der Mann,
der arme duht mer heit noch laad,
was der vielleicht zu schleppe hatt!

Sei Dasch, die war gerammelt voll
mit Aagebote, werklich doll,
ich such' mer glei es richtige raus
un geh dann in e Modehaus,
ich kaaf mer Wesch un Kleeder nei, –
ich stell mich ganz uf rosa ei!

E älter Fraa, e junge Mann, –
do muß mer due was mer kann,
daß doch net glei e jeder sieht:

den große Altersunnerschied.
Daß ich em g'fall, des will ich hoffe,
in Frankfort hammer uns getroffe.
Un daß er mich aa glei erkennt,
hun ich am Hut a rosa Nelk.

Sogar vun Alze, kaum ze glaawe,
kann nachts mer glatt no Frankfort fahre.
Um halwer elfe fahr ich los,
ab Frankfort Schlafwaache, ganz groß
un weil ich nor ze zwet wollt sei
steig ich in erster Klasse ei.

De Schaffner führt mich an mei Bett
in einem Zweibettkabinett, – –
ich hun elaa do drin gepennt,
der Mann, der schleeft am anner End,
des ließ sich leider net vermeide;
was heest do rosarote Zeite!?

Vorm Schloofe her ich mich noch saa:
„nor fort, die Woch hot siwe Daa,
ich kann mich do wohl net beschwere
un was net is, des kann noch werre!"

Als mer in Hamburg aa sin kumm,
do trifft der junge Mann, – wie dumm,
jo glei am Bahnhof sei Kusine,
er seet, des wär e dufte Biene.

Do war ich jo net druf geeicht,
doch hawense Hamburg mir gezeicht,
Sankt Pauli, Alster un den Kram,
mi'm Taxi un aa mit de Tram.
Mich wunnert nor, daß ich zum Schluß
immer die Fahrt bezahle muß,

weil dene, wie des halt so geht,
do immer grad des Klaageld fehlt.

Un owends hocken dann die Zwaa
bis morjens frieh in dere Bar.
Mich hun se glei ins Bett geschickt,
no'm Esse war ich eigenickt.

So geht do Dag fer Dag erum,
uf aamol werd mer des zu dumm,
die Zwee, die machen immer so,
als wär ich fer die garnet do.
Dann schließlich hatt doch ich die Kaart,
fer ihn un mich, allaa bezahlt!

Kaum hatt mich's Telefon geweckt,
do denk ich: „heit krieres gesteckt!"
ich mach mich fertich, geh' enunner,
ich hatt schun ganz schee Friehstickshunger!

Am Disch mi'm Friehstick nimmt mich dann
de Ober freundlich in Empfang
un grinst so dreckich, als er seet:
„zum Mitfahrn sind Sie heut zu spät.
Die jungen Leute sind schon fort
und zwar an einen andern Ort,
ich weiß zwar nicht wohin sie fahren,
doch haben sie mir aufgetragen:
noch recht viel allerschönste Grüße
an unsre Oma, unsre süße,
sie wird, als ihrer Güte Zeichen,
die Rechnung für uns mitbegleichen."

Jetzt war's mit meine Fassung all,
ich bin jo bald vum Stempel g'fall,

der Stromer, der is abgerickt,
hot mit de Rechnung mich beglickt!
Ich saa zu mer, so vorwurfsvoll:
„ach Gott, was bischte doch so doll",
es war mer jo aach recht gescheh,
was muß ich alt Dier flitze geh!!

Nor Geldausgawe, trotz Rabatt,
war alles, was ich devun hatt.
Ich hun mei Konto üwerzoo,
ich frooch mich awer werklich wo
mer sich do mol beschwere kann
bei unsre gute Bundesbahn.

Die mißt, willse sowas gestalte,
erscht mol die Kriminal eischalte,
die duht, des ärjert mich am meischte,
so dem Betrug nor Vorschub leischte,
nor, daß die gute Bundesbahn
er Wormlöcher mol stoppe kann.

Ich seh, bei so'me Aagebot
jetzt nimmeh rosa, nor noch rot,
ich lern, trotz meiner späten Jahre
vor lauter Zorn jetzt autofahre.

Jawoll, ich lern's, des wär gelacht,
wann mer aa jetzt viel Knorre macht,
trotz Knorre, rechent mer mei Hern
kann's Fahre aa net deirer wern.

Es Schlimmschte kimmt noch hinnenoo,
wann ich des loß bin, bin ich froh:
ich muß jo doch es allermeischte,
was is bassiert, mei'm Alte beichte.

Der hot, weje meine dumme Bosse
mich polizeilich suche losse.
Vorhin erscht kumm ich grad serick, –
er war net do, ach, was e Glick!

Ich geh en suche, iwerall
un find ehn do, in der Narhall.
Jetzt helft ehr Leit, en abzelenke,
duht fescht mir Eire Gläser schwenke!

Dann wann er guti Stimmung hot,
do schleet er mich nor halwer dot. –
Mer maant, der wär jo jetzt schun blau, –
dann bassiert garnix, – drum:

Dollau!

Olympiade

1972

No de vorich Fassnacht hot mer meer vezehlt:
„an de letzschte Sitzunge hun Se gefehlt!"
Jetzt bin ich do, – un ich bleib, bis mer seet:
„wann die nor endlich ufhere det!"
Awer, dann bleib ich immer noch hier,
weil ich des vor Vekalkung dann nimmeh kapier!

Also, bin ich heut wieder da,
des muß ich doch im OLYMPIAJAHR!!
Dann wer mich kennt, der kennt mich doch nur,
mei Lebdag lang als e Sportfigur.

Mein Mann behaupt jo fescht un steif:
„mei Fraa, die is olympiareif",
un ich tränier tagein, tagaus,
ich hol die beschte Zeite raus.

Ich bin daguf un garnet krank,
tränier aa fescht mit Speis und Trank,
ich ess 5 Kottlett, fett un heiß,
dags druf die Brotworscht meterweis,
trink Bier un Wei un Limonade,
ess fufzicher Rettich aus em Gaarde
un wann des alles is geschafft,
dann schpier ich schun Olympiakraft! –

E bißje wernse doch gefoppt, –
ich bin mit „Fürzelin" gedoppt.
Des Fürzelin is nei gemacht,
werd wissenschaftlich überwacht
un hot, wann alles richtig geht,
e Rickstoßkraft, wie e Raket.

Do krieht mer erscht de richtiche
Schub,
viel besser, als mit Bohnesupp!

Ich mach in alle Diszipline,
mein Mann träniert mit finstrer Miene.
De Fünfkampf hun ich mol zum Ziel,
üb' Hochsprung schun am Besenstiel.
Kerzlich bin ich mit lautem Knall
jo in die Supp eneigefall.
Mein Alte, wie in Supp gebade
kreischt dreimol hoch die Olympiade.
Der bringt do viel Verständnis uf,
ihm disch ich waache Kees halt uf.

Mit waache Kees hun mers geschafft,
ich hun jetzt schun die doppelt Kraft.
Ehr Leit, mer soll des jo net glaawe,
Kees gibt die Kraft zur Olympiade,
de waache Kees, des Fürzelin,
des macht, daß ich so clever bin.

Beim Weitsprung kumm ich so in Raasch,
ich flieh ganz weit enaus mi'm – – –
un reiß die Fieß ganz weit enaus,
ich hol de beschte Sprung eraus!

In was ich noch so prima bin:
im Springe uf em Trambolin.
So was zum Üwe hun ich net,
do üb ich owends in mei'm Bett.

Ich hups un spring un mach en Satz,
jo, mei Matratz is ufgeplatzt!
Do hängt des Seegras newe raus,
des macht mer awer garnix aus.

E nei kann no de Olympiade
mit Goldmedallje ich bezahle.
Die schenkt mer aa, wann ich en bitt,
noch mein Mäzen, de Karlheinz Kipp.

Nor geschtern hot es bees gerumst,
ich hun de Kopp mer aagebumst:
mer hun do an de Deck en Balke,
der hot noch net emol gehalte,

so bin ich do dewerre g'fahr
un hun en Dreifachsalto g'schlaa
un flieh, wie kann es annerscht sei
zum Alte in sei Bett enei!
Der war dodriwer garnet froh:
de Balke, der kam hinnenoo.

Es Kuchelstoße üb' ich bees,
des mach ich mit Kartoffelklees:
Pfanni un ordnlich Mehl noch draa,
do wern se hart, als wie en Staa.

Im Gaarde sauß ich runderum
un loß aan fahre un mit Schwung
do schwirrt der ab un hopplahopp
direkt em Briefbott an de Kopp!

Dem war des werklich net zum Lache,
er seet, er wollt' e Aazeich mache!
Ich stell mer dodebei noch vor:
der Mann hot werklich kaan Humor!

Im Schwimme bin ich aa e Aß,
ich sterz mich in des kiehle Naß
un geb mer dobei alle Mieh,
de Hals voll Wasser net ze krieh.

sunscht huscht ich mich ganz
schrecklich aus,
do fliehn mei kaafte Zäh eraus.

Des kann ich awer garnet brauche,
ich mißt noo meine Zäh dann tauche
un fer enunner un eruf
do ging mei beschti Zeit mer druf!!

Im Reite mach ich de Parcour,
mit Belli's Zirkusgaul geht's nur
un weil ich uf en Sieg ausbin,
geb ich dem aa des Fürzelin.

Ich reit mer Po un Schenkel uf,
nor, – kumm ich uf den Gaul net nuf!
Do leit mer awer aa nix draa,
ich stell mer halt e Laader aa.
Mein Träner, un des is mein Alte,
muß an dem Gaul die Laader halte.

Speerwerfe kann ich wunderbar,
des muß ich werklich vun mer saa,
träniere kann ich wann ich will:
ich nem de Brotspies vun mei'm Grill.

Ich renne los, guck garnet uf,
do hatt ich jo noch e Hähnche druf!
An dem Dag war ich werklich gut,
bauf, – hatts die Nochbern uf ehrm Hut!
Die kreischt un schennt un stellt sich aa,
na, – hatt se statt e Fedder mol e Hähnche draa!

Tränier ich fer de Schwebebalke,
do muß mein Alte mich noch halte.
Klar, wann defor im 3. Stock
mer nor's Balkongeländer hot.

Er seet, – un ich leid Höllequale:
Du muscht meh Dei Gewicht vedaale!
Wo üwerall, – des frooch ich Sie, –
soll ich mit mei'm Gewicht dann hie?!
Mein Mann is stur un seet dann nur:
„des is es bescht fer Dei Figur!"

Un dann mach ich so newebei
zum Träning noch so mancherlei.
Ich schwör's Eich hier in dere Bütt,
bis's soweit is, do bin ich fit.

Ins Stadion ziehe ich mit ein, –
dort wo die Marathonläufer lei'n,
des sin mol Deppich, – Wolle pur, –
ich hun se aach dehaam im Flur.

Un wann erschallen die Posaune
do findt mer mich in beschter Laune,
dann geht's in München endlich los,
ich bin debei – un des ganz groß!
Un ich marschier im gleiche Schritt
beim Krampfadergeschwader mit!

Un wann dann wirre Fassnacht is,
do kennt Ehr, – un des is gewiss,
mer zu mei'm Gold noch gratuliere,
an mer vebei aa defiliere.

Doch vorerscht schenke mer mol ei
vun unserm gute Alzer Wei
un schunkeln bis die Schwarte kracht
Dollau, der Alzeyer Fassenacht!!!

Winterolympiade 1976

1976

Ach, was e Glick, ach, was e Glick,
ich kum vun Innsbruck grad zerick,
hab's üwerstanne ohne Schade:
ich war doch bei de Olympiade!

Do unne war es werklich schee,
die hatten richtich weiße Schnee,
nor aans, des is debei so mies,
ich krieh do immer kalte Fieß!

Mit Fackel vorneweg sodann
entzünd ich die Olympiaflamm
un als des Fescht zuende geht
hab ich se wider abgedreht –
und denk: „do mißt mer viel meh geize,
wie lang kennt mit dem Gas ich heize.
Doch war's jo so erhebend schee, –
habt Ehr mich net im Fernseh' g'seh?!

Ich geh jo immer glei ufs Ganze,
als erschti Fraa, ich uf de Schanze!
Sauß wie net klor die Schanz enunner,
daß ich noch leb, des is e Wunner!!
Nur war ich mit 'me laute Knall
jo uf mein dicke Hinnere g'fall!
Des war e echtes Mißgeschick, –
jetzt is er nochemol so dick!

Es waren 81 Meter,
des kann doch werklich net e jeder
un weil des sunscht e Fraa net kann
hun die geglabt, ich wär e Mann

un hett se gründlich nor gefoppt,
do hun se mich ganz abgekloppt!
Die hun mich dobei schee gequeelt
un feschtg'stellt, daß mer wo was fehlt
un anerschtwo was meh draa ist:
's wär also werklich kaa Beschiß!

De Rieseslalom kann ich aa,
na, was soll dodezu ich saa,
ich bin wie wild erunner g'schosse,
hat nor e paar Tore ausgelosse.
Die Rosi hot mich jo gekränkt,
die hot mich eifach abgehängt!

Die Östreicher, behaupt ich glatt,
die hetten die Rosi gern gehatt,
die wohnt, des zeicht die Karte gleich
nor en Zippel weg vun Österreich.
Hetten die geahnt, was jetzt bassiert
hetten se längscht den Zippel annektiert!
Vielleicht hetten aa sei Volksgenosse
sich den vum Hitler schenke losse.

Dann awer ging ich ganz in Weiß
und goldverziert ufs glatte Eis.
Ich hatt e scheeni Kür träniert,
wie's gilt, do bin ich abgeschmiert,
sauß mit em Kopp hart an die Bande,
schlaa mit de harte Schlittschuhkante
mir in die Wade un zuletscht
hun ich mich glatt ufs Eis gesetzt,
dreh wie en Doppich mich erum, –
ich hatt e nei Figur erfunn!!

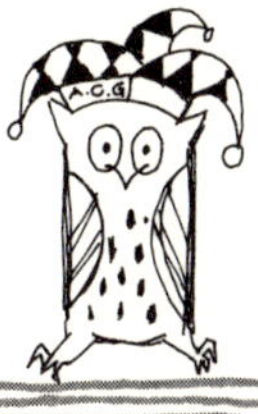

Des Publikum, des rast vor Spaß,
mir awer wern die Hosse naß
un kalt werd mer's do hinnedraa,
ich fang nochmol ze laafe aa
un schlenker doll mei scheene Baa.

Piruett un Waage hun geklappt, –
ich hatt devor e paar geschlappt
un dann, des is e alti G'schicht,
hat' ich es richtiche Gleichgewicht!
do flieht mer runderum ganz arisch,
Zentrifugalkraft nennt mer's glawich.

Dann kam de Paarlauf un de Danz,
ja sowas, des herrsch ich ganz,
beim Tango, Rumba, Bosanowa,
lehn mir was hie, was noch net do war.
Mein Partner war so richtig smart,
fer mich vielleicht e bißje zart.

Er muß mich hewe, leßt mich schwewe,
ich denk: ich wer's doch üwerlewe?
Er hatt mich werklich kaum gepackt
un is als in die Knie gesackt!
Er zischt: „Du bischt zu schwer, Kanallie",
jetzt kriehmer sicher kaa Medallje!

Im Rodele, do bin ich do,
ich setz mich uf mein dicke Po
uf so en Schlitte un im Nu
sauß ich fidel dem Ziele zu.
Mit beschte Zeite kumm ich raus
un fahr am Ziel jo driwernaus,
dreh mich dann um mich selbscht erum
un flieh direkt ins Publikum!

Vor Schreck häng ich mich allenfalls
so'm scheene Dicke an de Hals.
Der kreischt eraus als wie im Wahn:
„Ehr Leit, des Weib hot jo e Fahn!"
Der hert jo glei de Arsch verkloppt,
die is mit Alkohol gedoppt,
do hun ich glei dem aani g'schmiert, –
do war ich disqualifiziert!

Ich glaab, dem Simpel war's net wohl,
verwechselt Woi mit Alkohol,
dann ohne Woi, do wär's jo bitter,
ich brauch de Dag nor 3–4 Liter.
Des Schlimme awer is debei
in Innsbruck wächst halt garkaan Woi,
drum hatt ich, wie mer des so macht,
mer 50 Flasche mitgebracht.

Uf aamol wern jo knall un fall
mei ganze 50 Flasche all!
Ich frooch mich, – achduliewergott
wer die nor weggesoffe hot?

Do loß ich Innsbruck Innsbruck sei
un mach mich haam in Richtung Rhei,
zurick zu Eich, wo ich sodann
dagdäglich wider schlappe kann.
Ich bin so froh, bei Eich zu sei,
zur Fastnacht bei Weck, Worscht un Woi.

Un jetzt tränier ich in meim Gaarte
schun fer die Sommerolympiade.
Dann grüß ich als Olympiafrau
aus Kanada Euch mit

Dollau!

Fastnacht

mit den Schulkameraden
in Worms 1980

Kinner, jetzt is Fasnachtszeit,
Ihr glaabt jo net, wie des mich freit,
daß ich jetzt ganz unbestritte,
feiern kann in Eurer Mitte.

Es sin 45 Jahr, daß ich ganz in Alzey war,
hab geschafft vun früh bis speet,
hab, wie dort die Leit, geredt.

Die saan: „kumm, mer fahrn no Alze nen
un mer kaafen aa was en,
trinken Kaffee, essen Tert
un dann farn mer wirre fert.

Manchmol saan se grad wie err:
„gieß dein Kaktus, sunscht derrt er der,
gießchten awer, hert mer saa,
werre wirre werre wiere war!

Die saan: „ich hun“, anstatt ich hab,
so krieht ich aa so manches ab.
Ich glaab, ich muß jetzt uf die schnelle
aafange, mich umzustelle,
saa mol wider richtich „nää“
un fin alles wunnerschää.

Dann jetzt wohn ich, wie Ihr wisst,
seit des nei Haus fertich ist,
in de Bahnhofstroß, ganz owe,
doch, die Wohnung kann mer lowe.

In so'n Bau do kummt jo glei
mol es Eifachschte enei.
Solls e bißje besser klappe,
muß mer extra noch berappe.

Un so wollt ich dann aach grad
e Kanälche in meim Bad,
weil doch mol in jedem Haus
jo die Weschmaschin laaft aus.

Ja, die Handwerker sin kumme,
hawens allzu ernscht genumme,
fanden die Idee so schää
un ich hatt zuletscht dann zwää.

Ääns im Bad un wunner mich
noch e zwätes in de Kich.
Weil ich dozu net gelacht
hawenses wider weggemacht.

Ich hatt mich net genuch gewehrt,
die Plättcher, die warn aa verkehrt.
Do war noch e anner G'schicht,
nämlich die mi'm Owerlicht.

Die molen e Kich im Plan dezu
so dunkel drin, wie in rer Kuh.
Weil ich awer owe wohn
kam mir der Gedanke schon:
die Kich, die krieht e anner G'sicht,
's kummt an die Deck e Owerlicht.

Des war alles gut un schää,
nor machten se des Loch zu klää.
De Preßlufthammer hot gekracht,
so ha'm se's größer dann gemacht.

Un als dann war die Kuppel druf,
do geht des Lumpeding nit uf,
mer hats vum Dach aus zugedrickt,
ja, sowas, des is halt vezwickt.

Ich hatt kään Abzug in de Kich,
doch irgendwie behelf ich mich,
back jeden Daa was in de Pann
un reiß de Abschluß uf sodann.

Die Mitbewohner in dem Haus
die halten des net länger aus
un hawen schnellschtens, zu meim Glick,
de Littig zu mir hergeschickt.

Der bringt mer dann aach akurat
do so en Leierapperat,
erklärt debei mit aller Ruh:
„So geht die Kuppel uf un zu."

Dobei hot sich erausgestellt,
des Ding, des war verkehrt bestellt!
Noch weitere, viele Daag un Woche
do kummt er wider aagekroche
un hot dann werklich, schää un nei,
es richtich Leierche debei.

Jetzt is mei Kich, oh welche Wonne,
ganz voll vun Licht un Luft un Sonne.
Ich klapp schää zu bei strengem Froscht,
nor frocht mich nit, was sowas koscht.

Sunscht kann mer fascht zufride sei,
obwohl sich stellt noch manches ei.
Mer braucht kään Wecker, fer zu wecke,
die Handwerker duhn uf ääm schrecke

un wann mer ruf un runner will
do steht aach mool de Aufzuch still.

Ich denk schun in de erschte Nacht:
was is dann des was do so kracht
do hatten G'selle, mit de Bosse
die Heizung falschrum aageschlosse!

Mit Brotbelag hats keine Not,
mer essen Sand noch uf em Brot,
weil nämlich bis zu dieser Frist
des Haus noch garnet fertich is.

Die blitzeblaue Strich am Haus,
die sehen nit besonders aus,
doch laafen draa, oh welch ein Wunner,
die Schalusije ruf un runner.
Un des Geländer innedrin
is gäl un rot, ich glaab, ich spinn!

Doch muß ich ehrlich Eich noch saa,
ich frää mich arich, alle Daa,
daß daß ich in Worms jetzt wider bin,
mei Läwe krieht en neie Sinn
un des, ich hoff, noch lange Zeit,
wobei ich bleib im Kopp noch g'scheit.

Un daß ich awer aach noch lang
mit Eich zusammehocke kann,
dann wen mer schun vun Kind uf kennt,
mer Freund un Kamerad stets nennt.

Ich wer jetzt endlich ruhich sei,
trinkt Ihr mol schää jetzt Eiern Woi
un esst dezu, sunscht werd's Eich schlecht! –

Dollau, mer jetzt in Alzey secht!

Rückblick 1984

Zu mer ssan mei Kinner: „Du bischt jo net klor
in e paar Dag werscht Du 70 Johr, was willscht dann Du
do noch uf de Biehn?“ –
Ich glaab jo bal selwer, ich hun aach en Spliin!
Ei, ich hun aach en Spliin!

Un hot mer so alt ze werre des Glick,
dann denkt mer halt öfter emol zurick.

Es sin bald 50 Johr jetzt erum,
daß mer jung vun Worms no Alze sin kum.
Mer fangen e Geschäft aa, Martinimarkt war, –
des gibt glei Umsatz, des is doch klar!

Ich steh an de Deer, stell ganz mich druf ei,
doch es findt kaan Mensch zu de Deer erei.
Kimmt en neie Metzjer, will jeder die Worscht mol versuche, –
doch wie oft kann mer'n Bruch oder Plattfieß verbuche?

Ich hun vor Wut un Enttäuschung geflennt, –
uf aamol kimmt werklich noch aaner gerennt,
kimmt wie wild die Deer ereigewetzt, –
un ich seh; der is jo am Kopp verletzt.

„Sie missen mer helfe, liewi Fraa,
ich hun an de Reitschul de Wersching a'gschlaa!“
Ich muß em glei e Plaschter druf babbe,
doch am Schluß will der Kerl jo garnix berappe!

Er seet: „Ich schmeiß immer was
in die Bix
un fer des Plaschter bezahl ich
heit nix."
Er las „Sanitäts"(haus) un do maant er bereits:
mer sin kaa Geschäft, mer sin's Rote Kreiz.

De negschte Daa kimmt a nor aaner gelaafe,
will partu bei uns Hosseträjer kaafe.
„Die hun mer net", saa ich enttäuscht dann noch,
„Wieso, drauß im Fenster leien se doch!"
Ich geh mit em naus un do hummer gelacht:
Er hat die Bruchbänder als Hosseträjer betracht.

Am dritte Dag kimmt aa wirre aan Kunne,
doch den hun ich dann werklich als Kunne gewunne.
Er seet: „Ich soll ebbes hole, waas nor net de Name
vorne ferrerd's un hinne is's samme."

Ich duh uff verschiedene Sache hieweise,
„Naa, naa, seet er, des Ding is aus Eise",
ich kumm nor eifach net uf de Name:
vorne ferrerds un hinne is's samme!"

Ich denk: „Der Kerl is hirnverbrannt",
uf aamol macht er „so" mit de Hand.
(tippt Daumen und Zeigefinger aufeinander)

Do froch ich so gut ich noch kann, ganz nett:
„Maanen se vielleicht e Pinzett?
– „Ja, so haast's, – jetzt fellt mers aa wirre en,
lieb Fraa, Sie hun awer aa nix em Hern!"

Ich denk: „Glei wirre abhaue, des is es bescht, –
dann Alze, des is un bleibt doch e Nescht!"
Ich waas jo net, was mer do sollen
un die Leit wissen net, was mer do wollen.

Dan kimmt mol en alte Mann,
  prowiert ebbes aa,
hat so e Nesselhemd mit Streifcher
  un Stibselcher draa.
  (wie Nessel ewe so is)
Uf aamol rennt mein Mann, wie beschubst:
„Fraa, die Stibselcher sin jo gehupst"!!
Was sol ich Eich saa, es war nimmeh schee,
mer ha'n alle zwaa drei Woche lang Fleh!!

Ehr denkt jetzt vielleicht, ich bin nimmeh klor,
doch was ich Eich saa is werklich wohr.
Domols ging's uns meh dreckich wie schlecht,
was willschte do mache, in so eme Nescht!

Do kriesche die Krenk orer die Motte,
gar oft gab's Eintopf, Pund Kartoffel, Pund Karotte,
hegschtens e Vertelpund Derrfleesch enei, –
mer ha'n Hunger, desweh schmeckt uns des fei.
Mer derf dodebei zu saa net vegesse:
„mer mußten zu zwet do zweemol draa esse".

Mit de Zeit is es uns doch noch geglickt,
hot uns Alze in e anner Licht gerickt.
Fort war die Wut, die ich vorher hat,
ich sah Alzey als liebe, kleine Stadt!

Kaum warn mer e bißje hochgekroche
is de zwete Weltkrieg ausgebroche,
des war wieder ziemlich beschisse,
mein Mann hot am erschte Dag eiricke misse.

Mitte im Krieg, – mein Mann war im Feld,
kimmt bei Alarm 's zwete Kind uf die Welt.
Mi'm erschte im Keller un allaa im Haus
un bei Fliegeralarm durf mer jo net naus.

Ich geh ruf, üwerlee: was mach
ich do glei?
– Do gibt's nor aa Lösung:
die Polizei.
Ich ruf aa un saa: „Bitte holen; se g'schwind
zu mer die Hebamm, ich krieh jetzt e Kind!".

Do seet der doch glatt: „wo denken 'sen hie?
Ich kann die net hole, ich bin net vun hie!"
Mann, Mann, saa ich „laafen'se bißje schneller,
die is bei de Katholische Schwestern im Keller!"

Un tatsächlich hot er ganz schnell hernocht
die Hebamm Diez ebeigebrocht.
Des war nachts um zwee, alles dunkel getarnt
un als es um vier dann endlich entwarnt
krieh ich aus de Hebamm ihrm „Eiserne Bestand"
e echti Tass Kaffee, als Vaterland's Dank.

Un dann Weihnachte im Krieg, –
mein Mann war jo fort,
unser Leit warn gange, jeder in sein Ort,
ich hatt se all, so gut's ging, beschenkt,
nor an mich, an miich hatt kaaner gedenkt. –

Uf aamol do schellt's un ich hör eine Stimme:
„Ich soll en Haas vum Schaa Lawall
aus Birresem bringe!"
Ich hun den Schaa Lawall vum G'schäft her gekennt, –
awer do hun ich werklich vor Freid mol geflennt!

Vun Eppelsem kam de Herr Odermann als,
hatt an Weihnachte en Rucksack voll
Päckelcher Schmalz,
saat: „ die traa ich jetzt überall hie,
wo ich's Johr mei Sach ohne Fuggere krieh!"

Annerschtrum:
Kimmt e Mann in e G'schäft: „Was
wünscht der Herr?"
„Mei Dochter, die heirat, mer brauchen
Gescherr".
Seet die „Thekla": „Mann, wo denkensen hie?,
des is heit net ohne weiteres zu krieh!"
Lieb Fraa, seeet der, Sie missen beachte,
Sie kriehn vun uns 10 Dose vum G'schlachte."
Ja dann, seet se, werd's halt mechlich gemacht,
er: „ja, mer hun grad die vorich Woch g'schlacht"!

Des G'scherr holt er am negschte Daa,
bringt 10 Dose, wo drufsteht: Blutworscht,
Lewerworscht, Schwartemaa.
Glei zu gucke kam de „Thekla" net in de Sinn, –
un in sämtliche Dose war Eppelbrei brin.
Ja, so nette Verbindunge hat mer in Alze,
der lieben, kleinen Stadt.

Wann's rum is un mer devun sin kumme,
do hatt ich mer ebbes vorgenumme:
ich loss die Wann voll Wasser laafe,
duh uf aamol e ganz Stick Speickseef versaafe,
weil mer die ganz Zeit nor Lahmesaaf hat,
aach in Alzey, der lieben, kleinen Stadt.
Was kunnten mer wisse, was uns alles noch blieht,
bis mer ohne Karte Magrine nor krieht.

Doch mer kunnt dann in Alzey sei Lewe gestalte
un drum wollemer's so, wie's is, erhalte!
Un vun eme Nescht redd kaaner meh,
was is doch die letschte Zeit des Städtche so schee!

Unsern Bojemaaschter, den kann
mer so losse,
der duht sich werklich aafasse losse.
Un is des mit dem Brunne erum,
sammelt der b'stimmt fer en Wartberchturm.

Nor aans, des leicht mer eifach net ei,:
muß des immer en S.P.D.-Mann sei?
Drum schlaa ich vor, – un des machemer glei:
de Bojemaaschter wechselt jetzt mol die Partei,
dann is allen emol genüge gedaa –
un sin endlich aa mol die Anere draa.
Ja, so politische, kniffliche Sache,
die kann mer mit weiblicher Logik nor mache!

Die Alzeyer G'schäftsleit, die hawen kaan Dünkel,
die froon no de Oma, no de Kinner, no de Hinkel,
drum was wollt Ehr'n in Meenz, des hot doch
kaan Dauch,
in Alze gibt's alles, was mer so brauch.

Do gibt's fer Großeltern, Eltern und Kind, –
un mer hun noch die Aastalt, wann mer dann spinnt.
In Meenz is es mindeschtens grad so deier
un hier seid ehr noch die Fraa Mottausch,
de Herr Bayer, –
un die Stadt braucht die Gewerbesteier.

Un dorch de Massa hot Alzey aa Großstadtformat
un bleibt doch die liebe, kleine Stadt.
Un mer kennen so gut, wie die Meenzer alle
aa hier, in Alze, Fassenacht halle.

Aach ebbes will ich Eich net verhehle,
ich muß noch was aus em G'schäft vezehle.
Mer hun do ebbes, des is was fer Kenner,
ich maan die Flasche aus Glas, fer die Männer.

Seet e Fraa zu de Freundin:
„Beim Fußball im Fernseh kann
mein Mann die net misse,
do brauch er net uf un enaus fer ze ..."
E Idee, seet die Freundin, uf jeden Fall,
kaaf ich die glei jetzt, aa fer mein Karl.

Jetzt will ich nimmeh viel weiter schwätze,
ich hoff, Ehr wisst all unser Städtche zu schätze!
Des all Eich zu saa, hot mich werklich gefreit,
ich bin halt 's närrische Schlußlicht vergangener Zeit,
wollt jo net grad nor Perseenliches bringe,
ich wollt e Loblied uf Alze singe,
wollt net mit meim Kram in de Ohre Eich leie,
drum bitt ich: wollt den Spliin mer verzeihe!

Dollau

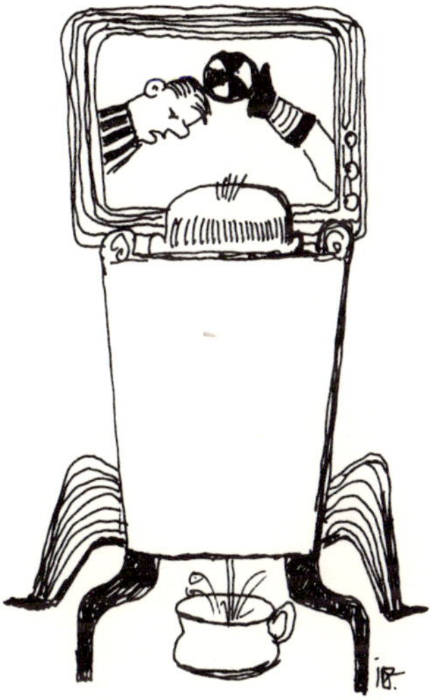

60

Meinem Bruder zum 60. Geburtstag

Zehnter Juni 1920, – do hatt' ich Spaß,
ich durft geje owend nochemol uf die Gass,
ich hab nit gefroocht, warum des geschieht,
uf aamol do hatt' ich e Brüderche krieht!

Domols sah alles ganz annerscht noch aus,
mer kriehte sei Kinner ganz eifach im Haus,
des war viel unkomplizierter wie jetzt,
mer braucht aa kaa Koschtedämpfungsgesetz!
Die Kinner, die kamen, ganz ohne Müh,
heit koscht's en Haufe Geld, fer kaani ze krieh'.

Des Brüderche wuchs, es war eine Lust
fand Nahrung zunächst an der Mutter Brust.
Doch, wie des so geht, gar viel zu schnell,
versiegte der mütterliche Quell.

Was damals so war, is kaum mehr bekannt:
mer hatten aach damals Besatzung im Land,
die Brücke gesperrt un kaum was zu beiße,
kaum aaner konnt' niwer ins Hessische reise.
Nur Kinner, die durften die Brücke passiere
un so mußt ich, die Woch zwäämol noch
Howe (Hofheim) marschiere.

Do gab's e paar Bauere, heit noch zu lowe,
die haw'n uns e Kännche Milch ufgehowe.
Vier km vun de Brück aus, ach Gott, war des weit,
ich war siwe un oft hot's gerejent un g'schneit.
Manchmol hatten mer Kinner aach Glick,
do nahm uns die Postkutsch owedruf mit zurück.

Hat mer Pech, muß mer uf de Brück
in der Mitte,
sei Milch in en große Küwel
neu schitte.
Die Franzose standen grinsend debei,
ungerührt von unserm Wehgeschrei.

So kann ich aa saage, daß ganz gewiss
mein Bruder aa mein Milchbruder is.
Es is gelunge, wie mer so sieht,
mer hawen en üwer die Runde krieht.
Noch kaa Johr alt, is er gerutscht, wie en Dolle
un ich hett uf ihn ufbasse solle!

Dann hot er aa bald druf laafe kenne,
awer der war dann nor noch am renne.
Ich hab uf eme Röllche so Kordele gestrickt,
so aagebunne ist er mir net abgerickt.

Beim Spiele is mol de Ball forgerollt
un de Otto hett en hole gesollt,
der wollt awer net, do secht so en Bu:
„Otto renn, kriecht aach Muschkele dezu."
Doch de Otto setzt sich noch net in Trapp:
„ich holen erscht, wann ich mei Muschkele habb."
Ich derf dodebei zu saa net vergesse,:
„er hot gemaant ‚Muschkele' des is was zum esse!"

Noch Neijohr, bis zu de Fassenacht
do hot unser Mutter als Kreppel gemacht.
Sie secht mol zum Otto: „hol Hef' mir beim Bäcker,
ich mach heit Kreppel un die wern lecker."

De Otto kummt bald druf zurick,
hot kaa Geld mehr un aach kaa Hefestück.

„Die hatten kaa Hef' mehr", saat
er uncheniert,
nor war sei Schnut ganz mit Zucker
beschmiert.
Daß er Hef hole sollt, des hat er vergesse,
hot en Kreppel sich kaaft un hot en glei gesse.

Er hot se halt krieht, zum herzerweiche,
doch e Woch druf passiert des gleiche,
bloß hatt er diesmol kaa Zuckerschnut,
doch unser Mutter die krieht glei e Wut.
Er versichert: „ich hab es Geld verlore",
awer, er blieb net ungeschore.

Sie legt en üwer un hot ihn verdrosche,
er strampelt, – un aus seim Schuh fällt de Grosche!
Doch unser Mutter, die secht ganz kalt:
„hoscht jetzt Knippel zu gut, fer e annermol halt!"

Mer warn emol spiele un wie's halt so geht,
mer kamen zurick un's war viel zu spät.
Ruft die Mutter am Fenschter:
„Kummt nor ruf ihr zwee,
heit krieh'n ehr minanner eier Schlää!"
Do kreischt mein Bruder: „ich kann nix defor,
die is die Ältscht, geb dere se nor!"

Schnell ist die Zeit vorüwergange,
1929 hatt de Vater es G'schäft aagefange,
ich kam in e Büro, durft net dehaam bleiwe,
awer owends dehaam die Rechnunge schreiwe.
De Otto krieht bald e gebraucht klaa Rad,
fährt die Rechnunge fort, daß es Porto gespart!

Bis zu seiner Danzstund war es Gröbschte gepackt,
krieht der Kruze jo en klaane Hannomag!

Der hat kaa Dach, kaa Türe, sah
lustig aus,
mer sprang hüwe nei und
drüwe eraus.

Des war damals gewiss noch e Sensation,
na, ja, er war aach em Vatter sein Sohn,
hatt schun fescht geholfe, hot sei Handwerk gekennt,
er hatt awer aa bei unserm „Alte" gelernt!!

Dann hab ich geheirat und do hab ich gemeint,
des is kaa Beerdigung un do werd net gegreint.
Sogar unser Mutter hot sich halte gekennt,
nor aaner hot in de Kerch laut geflennt.
Sunscht war er manchmol so frech, wie de Dreck,
nor, als ich fortgeh, kummt er net driwer weg.

Un es kam wieder Krieg, – aaner het uns gelangt,
was hun mer do um unsern Otto gebangt!
Als sei Einheit in Norwegen schun hat kapituliert,
hat mer'n noch vun Kreuznach nach Frankreich
transportiert.

Dort blieb er nor deshalb vum Verhungern verschont,
weil er Akordeon spiele konnt.
En Schlag Supp mehr, fer'm Kommandant vorzuspiele,
dann kam er zu ner gute Franzosefamilie.
Die hat ihn dann aufs beste betreut
und diese Verbindung dauert bis heut.

Dann kam er zurück, ach Gott, warn mir froh
un unser Otto kommentierte das so:
„S" werd wider was ufgebaut, des muß jo sei,
doch mein Bauch is mei Sparkass' un nor do
kimmt was nei!"
Des is em bis jetzt aa ganz gut geglückt,
vergleicht mer die Bilder un denkt mer zurück!

Er hot awer aa, ganz ungeloge
mit seiner Fraa es große
Los gezoge!
Die führt e gut Haus un wees
en zu nemme
un derf en, wann's netich is, aach emol schenne!

Des is sei Story, – so secht mer doch heit,
awer aa e Schlaglicht uf die damalich Zeit!

Zum sechzigsten Geburtstag wünsch ich sodann
alles Liebe und Gute un des für recht lang!

Deine Schwester